Marlene Geselle

Ratten in Heinsberg

Mordbrand

Bibliografische Information der Deutschen Natinalbibliothek
Die Deutsche Nationalbibliothek verzeichnet die Publikation in der Deutschen Nationalbibliografie; detaillierte bibliografische Daten sind im Internet über http://dnb-nb.de abrufbar.

© 2008 Marlene Geselle
Herstellung und Verlag: Books on Demand GmbH, Norderstedt
ISBN-13:9783837024227

Für
Helmut und Barbara,
die meinen inneren Schweinehund
vor die Tür gesetzt haben.

Marlene Geselle

Ratten in Heinsberg

Mordbrand

Inhaltsverzeichnis

Ratten in Heinsberg

In der Amtsstube

Die Fenster waren weit geöffnet worden und ließen nun die ersten wärmenden Sonnenstrahlen ungehindert ins Zimmer strömen, gossen ihr Licht über den sauber gefegten Holzfußboden. Eine schwere Eichentafel war über zwei Böcke gelegt worden und diente ihm als Schreibtisch. Ein aus Feldsteinen gemauerter Kamin döste bis zum nächsten Herbst vor sich hin.

Junker Benedikt von Luchtenberg, als Sendgraf von Heinsberg und mehreren anderen kleineren Grafschaften, hatte aber keinen Blick übrig für das freundliche Bild. Er saß an eben diesem Tisch und schob missmutig ein paar Pergamentblätter von links nach rechts. Der Brief des Kanzlers lag obenauf, eine Abschrift von Fräulein Charlottes Testament und eine Kopie von Eberhard Roers letztem Willen lagen daneben.

»Erben ist die Kunst des Sterbens in richtiger Reihenfolge« seufzte er resigniert. »Da stirbt das alte Fräulein Charlotte kinderlos am Fleckfieber und hinterlässt das schönste Gut in der Grafschaft ihrem Patenkind. Der arme Eberhard Roers stirbt schon eine Woche später am gleichen Fieber. Der kleine Thomas beerbt den Vater und holt sich den gleichen Tod. Und noch nicht genug damit: Elsbeth, das arme Geschöpf, überlebt das Kind nur kurz. Das schöne Gut von Fräulein Charlotte gehört jetzt Martin Broichhuusen. – Und ich hab die ganze Sache am Hals.«

Junker Benedikt stand auf und ging zum Fenster. Seine Augen wanderten über den Marktplatz, aber von dem fröhlich-lauten Gewusel bekam er nichts mit. Die Marktstände, auf denen das erste frische Gemüse verkauft wurde, nahm er so wenig wahr wie das leise Gebimmel von der Abtei, das zu ihm herüber wehte. In einer Woche war Pfingsten, aber nach Fröhlichkeit oder gar nach ausgelassenem Feiern war ihm dieses Mal nicht zu Mute. Missmutig setzte er sich wieder an seinen Schreibtisch und las den Brief des Kanzlers erneut.

Er möge sich nicht von der im ganzen Lande grassierenden Fleckfieber-Seuche täuschen lassen. Die Tatsache, dass alle Mitglieder der Familie Roers innerhalb weniger Wochen der Krankheit erlegen seien, bedeute doch nichts anderes, als dass böse Mächte ihre Finger im Spiel haben. Wie anders sei es zu erklären, dass ausgerechnet Martin Broichhuusen, der Bruder von Elsbeth Roers, nun der Erbe des Gutes und Nutznießer der mysteriösen Todesfälle sei.

Junker Benedikt befand sich alleine im Zimmer. Nur so konnte er es sich erlauben, lauthals loszulachen. Martin Broichhuusen, verbündet mit den Mächten der Finsternis, befiehlt der Fleckfieber-Seuche, die Mitglieder der Familie seiner Schwester in genau der Reihenfolge sterben zu lassen, die unbedingt notwendig ist, ausgerechnet ihn zum alleinigen Erben gleich zweier großer Güter zu machen.

So etwas konnte nur einem Geistlichen einfallen!

Der Erzbischof hatte erst vor wenigen Monaten die Regierungsgeschäfte für den noch minderjährigen König übernommen. Die Stimmung im Reich war im Großen und Ganzen gut. Die hohen Fürsten gehorchten, die Sendgrafen bekamen klare Anweisungen und waren ausschließlich dem Kanzler verantwortlich.

Unschön fanden es jedoch viele, dass der Kanzler die Macht der Kirche stärkte. Praktisch als erste Amtshandlung hatte er die Anordnung erlassen, dass Verstöße gegen kirchliche Gebote künftig auch von den weltlichen Gerichten geahndet werden mussten. Im Alltag führte dies dazu, dass viele Personen für das gleiche Delikt zwei verschiedene Strafen bekamen. Kleinere Sündenfälle wurden zu Verbrechen aufgebauscht und mit harten Strafen geahndet. Was nach dem alten Recht noch mit einer Geldstrafe aus der Welt geschafft werden konnte, zog nach dem neuen Recht oftmals Prügelstrafen, Verstümmelungen und immer öfter die Todesstrafe nach sich. Das würde noch viel böses Blut geben, dessen war sich

Benedikt sicher. Aber ein Fehler hatte bis jetzt noch jeder Mann gehabt, der über das Land herrschte. Und der Erzbischof sah hinter jedem Baum und jedem Strauch im Lande eine Hexe oder einen Zauberer.

Der unmissverständliche Befehl des Kanzlers lautete, Martin Broichhuusen der durch Zauberei begangenen Morde zu überführen und ihn zwecks Aburteilung zur Aachener Pfalz zu schicken, wo der Hof gerade Quartier genommen hatte. Bei Hofe verließ man sich auf seine Tatkraft und Geschicklichkeit in solchen Dingen und hoffte, binnen weniger Wochen die Sache zum Abschluss zu bringen.

Zugleich warnte ihn der Erzbischof davor, durch ein zu frühes Bekanntwerden des Mordverdachts den Täter zu warnen. Noch war das alte Recht nicht außer Kraft gesetzt. Zwölf Eideshelfer – und selbst wenn sie aus der Broichhuusenschen Familie stammten – konnten durch einen einfachen Schwur den Täter von jeder Schuld reinwaschen. Es musste also gelingen, hieb- und stichfeste Beweise vorzulegen, damit sich erst gar keine Eideshelfer für Martin Broichhuusen fanden.

Viel interessanter waren die Dinge, die der Kanzler in seinem Brief nicht erwähnt hatte: Bei der ersten Toten handelte es sich um die frühere Hofdame der Großmutter des jungen Herrschers. Das Gut war ihr als Belohnung für ihre Treue übereignet worden, als sie Abschied vom Hof nahm. War Martin Broichhuusen wirklich ein Mörder, ginge sein vollständiger Besitz (einschließlich der Erbschaften) an die Krone. Seine Frau Zilli würde völlig mittellos zurück bleiben und auf die Mildtätigkeit ihrer Familie angewiesen sein.

Auf all das durfte er, Benedikt von Luchtenberg, keine Rücksicht nehmen.

Er war davon überzeugt, dass es Hexen gab – prinzipiell – und dass diese ohne Weiteres im Stande waren, durch Wachspuppen zu töten, auf dem Besen zu fliegen oder Liebeszauber zu betreiben.

Das hieß aber auf der anderen Seite noch lange nicht, dass jeder Tote im Lande und jede Ungezieferplage auch wirklich auf Hexerei zurückzuführen war. Schließlich lebten die Hexen inmitten der Städte und Dörfer. War es nicht viel zu gefährlich (auch für sie selbst) Seuchen herbeizurufen? So etwas konnte doch nur jemand wagen, der für sich und die Seinigen einen wirksamen Schutz besaß.

Und warum sollte sich eine Hexe die Mühe machen, Morde zu begehen von denen sie keinen Vorteil hatte? Ein altes Weib mit Gold in der Tasche würde schnell auffallen und in den Kerker wandern. Und dumm – nein das waren die Hexen nun wirklich nicht.

Benedikts Gedanken wanderten zurück. Vor einem halben Jahr erst war er zum Sendgrafen ernannt worden, als sein Vorgänger siebzigjährig um seine Entlassung bat. Seiner bürgerlichen Herkunft wegen wäre er für das Amt gar nicht in Frage gekommen. Aber dann war es ihm gelungen, den Aufsehen erregenden Mord an dem Edelfräulein Adelgis aufzuklären. Abt Jakob von Heinsberg hatte sich daraufhin beim Kanzler für ihn eingesetzt und erreicht, dass er geadelt wurde und den Posten bekam.

Heute nun lag dieser seltsame Brief auf dem Tisch. Wie eine Mordserie aufklären, die aller Wahrscheinlichkeit nach bloß eine Seuche war? Wie die eventuellen Taten restlos aufklären, wenn man nicht den richtigen Leuten die richtigen Fragen stellen durfte?

»Sendgraf, ich habe hier die Tafeln für den Quartalsbericht.«

Die Stimme seiner Schreiberin ließ den aufkommenden Ärger verfliegen. Margot Jenswien war geräuschlos ins Zimmer getreten. Im Arm trug sie einige Wachstafeln für den noch zu unterschreibenden Quartalsbericht.

Die junge Frau setzte sich an das schmale Kopfende des Schreibtisches, legte die Tafeln ab, spitzte einen Griffel für eventuelle Ergänzungen.

»Sobald alles gesiegelt ist, kann sich der Bote auf den Weg nach Aachen zum Erzbischof machen.«

Margot Jenswien war in seinen Dienst getreten, als er den Posten des Sendgrafen übernommen hatte. In seiner früheren Position als Hauptmann der Stadtwache von Heinsberg hatte er viel weniger Schreibarbeiten erledigen müssen. Das hatte sich gründlich geändert. Ständig gingen Berichte an den Hof, mussten Anklageschriften verfasst und Urteile gegengezeichnet werden. Zu viel Schreibarbeit für einen Mann, der mit einem Dutzend Reitern in mehreren Grafschaften für die Einhaltung der Gesetze sorgen musste. So hatte er die Stelle des Schreibers ausrufen lassen. Aber kein einziger Mann, der des Lesens und des Schreibens mächtig war, bewarb sich auf die Stelle. An zu schlechter Bezahlung lag es wirklich nicht. Es gab praktisch keine Männer, die schreiben konnten.

Da stand eines Morgens Margot Jenswien, die Witwe des Gewürzhändlers Jobst Jenswien, in der Türe und interessierte sich für den ausgeschriebenen Posten. Die junge Frau erwies sich als klug, fleißig und verschwiegen. Anfangs hatte es tüchtig Klatsch und Tratsch gegeben. Eine junge, hübsche, noch dazu gebildete Frau – und der kaum ältere Sendgraf! Ein Witwer ohne Kinder!

Wenn es nach Benedikt gegangen wäre, dann hätte es für das Gerede gerne einen Grund geben können. Margots zierliche Gestalt, die helle Haut und ihre grünen Augen waren das Erfreulichste, was die Stadt zu bieten hatte. Aber leider dachte Margot nicht so über ihn. Freundlich, respektvoll und immer ein bisschen auf Abstand erledigte sie alle ihr aufgetragenen Arbeiten. Nahm ihn als Mann gar nicht zur Kenntnis. Den Mut, selbst einmal eine Andeutung zu machen, hatte er nicht. Seine eigene und alleinige Schuld, wenn er immer nur unkeusche Gedanken, nie aber unkeusche Taten zu beichten hatte.

Von Luchtenberg winkte ab, bat die junge Frau statt dessen, die Papiere einmal durchzulesen.

»Was hältst du von der ganzen Geschichte, Margot? Sprich frank und frei heraus.«

Margot Jenswien schüttelte den Kopf. »Sendgraf (nie sagte sie Benedikt zu ihm), kein Mensch ist Herr über die Seuchen. Ich weiß wirklich nicht, was ich da vom Kanzler halten soll. Nicht einmal Hexen oder Zauberer sind in der Lage, dem Fleckfieber zu befehlen. Zumindest habe ich davon nie gehört. Wenn die Roers wirklich alle umgebracht worden sind, wie der Kanzler da schreibt, dann geschahen die Morde ganz anders. Wer einen missliebigen Mitmenschen los werden will, der verlässt sich doch nicht auf die Launen oder Böswilligkeiten der Hexen. Das wäre doch der pure Wahnsinn. Ich selber hätte in so einem Fall viel zu viel Angst, mit umgebracht zu werden. Davon einmal abgesehen: Martin Broichhuusen ist strohdumm und ein Hurenbock. Und seine Holde hat nichts als ihre Gewänder und ihren Schmuck im Kopf. Die Beiden kriegen ja zusammen nicht mal ein Kaninchen geschlachtet - geschweige denn eine Mordserie hin, streng nach adeligem Erbrecht.«

Der Sendgraf zog eine Grimasse. Margot hatte Recht. Entweder ging mit dem hohen Herrn aus Mainz die Fantasie durch, oder es waren da wirklich vier Morde geschehen, raffinierte, schlau eingefädelte und mit Fleiß und Hinterlist durchgeführte Verbrechen.

»Ich denke, ich nehme mir den Tod von Fräulein Charlotte zuerst vor. Damit hat alles angefangen.«

Junker Benedikt schloss das noch immer offen stehende Fenster.

Die alte Frau rutschte unruhig auf dem Stuhl hin und her. Sie hatte ihr Schultertuch fest um sich geschlungen, gerade so als würde sie frieren. Von Luchtenberg ließ ihr ein wenig Zeit. Ihm war bewusst, dass Martha, Fräulein Charlottes ehemalige Zofe, eine Heidenangst hatte. Von zwei Wachen aus ihrem kleinen Häuschen in Roerkempen abgeholt und in die Schreibstube des Sendgrafen gebracht zu werden, war für sie wahrlich kein Vergnügen. Die Augen der Dienerin suchten Hilfe bei Margot Jenswien.

Die Schreiberin saß am schmalen Ende des Schreibtischs, bereit, die Aussage der alten Frau auf Wachstafeln festzuhalten. Junker Benedikt hatte sie gebeten, beim Verhör der Zofe nicht nur dabei zu dabei zu sein, sondern selbst einige Fragen zu stellen. Erfahrungsgemäß redeten Alte, Diener und

Kinder viel eher und ohne Angst, wenn eine Frau anwesend war. Davon abgesehen, Margot Jenswien war, wie alle Frauen ihres Standes, eine erfahrene Krankenpflegerin. Ihr würde auffallen, wenn an dem Bericht der Dienerin etwas nicht in Ordnung war.

»Martha«, von Luchtenberg sprach betont ruhig zu der ängstlichen Frau, »niemand macht dir einen Vorwurf. Du hast deiner Herrin jahrzehntelang treu und fleißig gedient. Erzähl mir einfach, wie es gekommen ist, dass Fräulein Charlotte so plötzlich krank wurde und an dem Fleckfieber sogar gestorben ist.«

Margot Jenswien reichte der Zofe einen Becher Most.

»Erzähl einfach, was dir so durch den Kopf geht, Martha. Erzähle einfach, was in den Wochen vor Fräulein Charlottes Tod anders gewesen ist als sonst.«

Die Dienerin nahm einen kräftigen Schluck, lächelte dankbar zu Margot Jenswien hin.

»Ach Junker Benedikt, Frau Margot, das Ganze hat in der Karwoche angefangen. Am

Montag hat Berta, die Jüngste des Müllers, hohes Fieber bekommen. Beim Frühstück ist sie noch ganz munter gewesen, aber schon zu Mittag hatte sie ein ganz heißes Gesicht. Und nach dem Abendessen, ja da war der Körper der Kleinen schon ganz mit Flecken übersät. Das arme Kind. Und Karfreitag ist sie dann gestorben. So ging es in einem fort. Fast alle Kinder in Roerkempen haben das Fleckfieber bekommen. Es war so furchtbar.«

Margot Jenswien schenkte der alten Frau nach, ehe sie mit der Befragung fortfuhr.

»Martha, du sagst, dass fast alle Kinder in Roerkempen das Fieber bekommen haben. Wie viele von den Kindern sind denn gestorben?«

»Es sind vier Kinder gestorben Frau Margot.«

»Was war mit den Ewachsenen? Wer von den Erwachsenen wurde krank? Und wer von ihnen starb?«

Junker Benedikt war misstrauisch geworden.

»Es sollen doch fast alle Leute in Roerkempen das Fieber bekommen haben. Und Roerkempen ist doch ziemlich groß. Da müsste es doch einige Tote gegeben haben.«

Die alte Frau schaute ihm offen ins Gesicht.

»Sendgraf, von den Kindern wurden fast alle krank. Aber gestorben sind nur vier von ihnen. Von den Erwachsenen sind sieben krank geworden. Zwei von ihnen sind gestorben. Willi, der alte Schmied, und Fräulein Charlotte.«

Von Luchtenberg zog ein skeptisches Gesicht. Das Ganze klang nach einer Kinderkrankheit, nicht nach einer Seuche. Bei einer Epidemie hätten viel mehr jüngere Erwachsene sterben müssen. Der Schmied und die alte Dame zählten gewissermaßen nicht, sie waren schon betagt. Die Frauen mussten ihm Recht geben.

»Martha«, schaltete sich Margot Jenswien erneut ein, »du warst doch dabei, als die Leichenfrau die Tote für den Sarg fertig machte. Du hast doch geholfen, die Leiche zu waschen und ihr das Totenhemd anzuziehen – nicht wahr.«

Die Zofe nickte.

»Die Flecken auf der Haut von Fräulein Charlotte, waren das die gleichen Flecke wie bei den Kindern und dem alten Schmied? Hatte deine Herrin nur Flecken auf Bauch und Rücken oder auch welche an Armen und Beinen?«

Martha zuckte hilflos mit den Schultern. Sie war nur bei Fräulein Charlotte dabei gewesen. Was es mit den anderen Toten auf sich hatte, konnte sie nicht sagen. Flecken am Rumpf, sonst nirgends. Nichts an den Gliedmaßen, nichts an den heimlichen Stellen.

Von Luchtenberg und Margot Jenswien nickten einander unmerklich zu.

»Noch etwas anderes, Martha. Gab es sonst irgendetwas Auffälliges? Kamen Leute zu Besuch, die sich sonst nicht oder nur selten blicken ließen? Ist etwas anderes passiert? Verschwanden Leute aus dem Dorf? Wurde etwas gestohlen? Verschwanden Dinge, die später wieder aufgetaucht sind?«

Die Dienerin zuckte wiederum mit den Schultern. Nein, da war nichts Auffälliges gewesen. Nicht in Roerkempen und auch nicht auf dem Gut. Nur das Fieber, die Kranken und die Toten.

»Verzeiht Junker Benedikt, ich weiß nicht, warum Ihr mir so komische Fragen stellt. Meine arme Herrin ist am Fleckfieber gestorben, genau wie die anderen Leute auch. Genau wie ihre ganze Familie. Und warum wollt Ihr wissen, was mit den anderen im Dorf passiert ist?«

Er hatte die Frau dort, wo er sie haben wollte.

»Martha«, räusperte sich von Luchtenberg, wobei er seiner Schreiberin einen winzig kleinen Wink gab, »wie du selber sagst, ist die ganze Familie gestorben. Alle an der gleichen Krankheit, alle kurz hintereinander.«

Die alte Frau verstand noch nicht so richtig, worauf der Sendgraf hinaus wollte.

»Du bist dein ganzes Leben eine brave Frau gewesen, Martha. Aber dem Allmächtigen sei es geklagt, es sind nicht alle so rechtschaffen und gottesfürchtig wie du. Es sind üble Mächte am Werk – starke, gefährliche

Mächte. Verstehst du mich jetzt.«

Die Zofe war kreidebleich geworden und musste sich an dem Becher festklammern.

»Hexen, Sendgraf?« Von Luchtenberg nickte.

»Aber halte den Mund, Martha, hörst du! Sprich kein Wort über die ganze Sache. Nicht nur wegen Fräulein Charlotte, auch in deinem eigenen Interesse. Du weißt ja selbst, wie heimtückisch solche Leute sind. Wenn sie merken, dass du sie durchschaut hat, bist du in großer Gefahr.«

»Das Ganze gefällt mir immer weniger.«

»Was meint Ihr damit, Junker Benedikt?« Von Luchtenberg hatte die alte Frau wieder nach Hause bringen lassen. Unruhig ging er in seiner Schreibstube auf und ab wie ein Bär im Käfig. Margot Jenswien saß noch immer vor denWachstafeln und grübelte.

»Nach dem was die Zofe da sagt, ist Fräulein Charlotte wirklich am Fleckfieber gestorben. Ich hörte von anderen Fleckfiebertoten aus der Gegend. Bei allen sahen die Flecken so aus, wie Martha sie gerade beschrieben hat. Aber – wenn die Frau wirklich an der Krankheit starb, was hat es dann mit den anderen Toten auf sich? Starben die auch am Fleckfieber? Oder gar durch zauberische Mächte?«

Beide mussten lauthals lachen. Aus der Nähe betrachtet, hatte die Sache mit des Kanzlers Hexenwahn auch ihre Vorzüge. Man konnte völlig offen auf Jagd nach alten, zauberischen Weibern gehen (wie sich das einfache Volk im Allgemeinen die Hexen vorstellte) und im Geheimen nach Beweisen für eine Mordserie suchen, von der noch gar nicht erwiesen war, ob sie überhaupt stattgefunden hatte. Im Geheimen ließ sich ab und an mal ein wenig lachen.

»Wegen der anderen Toten, Sendgraf«, Margots Stimme wurde wieder ernst, »da kann ich Euch nicht weiter helfen. Da haltet Ihr Euch am besten an die Leichenfrau.«

Die lange Dorle machte ihrem Namen alle Ehre. Hoch aufgeschossen, blass und dürr stand sie da in der Türe der Amtsstube. Sie war aus anderem, viel härterem Holz

geschnitzt als die alte Martha. Die Leichenfrau von Roerkempen war ohne viel Aufhe-
bens den Reitern des Sendgrafen gefolgt, als
man sie aufforderte, mit nach Heinsberg zu
kommen und die Fragen Junker Benedikts
zu beantworten. Ruhig setzte sie sich auf
den angebotenen Stuhl, auf dem tags zuvor
schon die Zofe gesessen und Rede und
Antwort gestanden hatte.

»Dorle«, von Luchtenberg kam ohne
Umschweife zur Sache. »Es wird mir berich-
tet, dass du all die Toten für die Bestattung
fertig gemacht hast, die an dem Fleckfieber
gestorben sind. Was weißt du über den Tod
von Fräulein Charlotte?«

Die Leichenfrau bedauerte. Sie könne
nur das sagen, was er doch sicher schon wis-
se. Die arme Frau hatte sich aufopferungs-
voll um die kranken Kinder in Roerkempen
gekümmert. Dabei angesteckt hatte sie sich
und sei dann auch an der Seuche gestorben.
Gott hab sie selig! Was für ein guter
Mensch.

»Das weiß ich alles schon«, unterbrach
von Luchtenberg den Redeschwall der Frau.

»Du warst doch auch in Kirchhoven. Du bist doch auch dort die Leichenfrau. Du hast doch auch dort geholfen, als die anderen Roers gestorben sind. Sag, was weißt du von Eberhard, seiner Frau und dem kleinen Thomas?«

»Ach, Herr Sendgraf! In Kirchhoven hat die Seuche viel weniger gewütet als nebenan in Roerkempen. Und trotzdem! Nur zwei Tage dauerte bei Herrn Eberhard das schlimme Fieber, dann war er tot. Die Köchin hat es mir erzählt, hinterher. Aber die Flecken, die waren viel schlimmer als bei den anderen. Ach Gott, wie muss der arme Herr Eberhard gelitten haben.«

Margot Jenswien, welche während der ganzen Zeit auf ihrem Stammplatz an der Kopfseite des Schreibtischs gesessen hatte, war aufgestanden und postierte sich nun neben ihren Dienstherrn.

»Dorle, bist du dir dessen ganz sicher?«

Die Leichenfrau nickte bekräftigend.

»Ja Frau Margot, die Flecken auf Herrn Eberhards Leib waren viel schlimmer als bei den anderen Toten. Und sie waren nicht nur auf Bauch, Brust und Rücken. Der ganze Körper war mit den roten Flecken übersät, auch an den heimlichen Stellen.«

Das könne sie schwören, bei Gott und allen Heiligen.

»Und Elsbeth und Thomas?«

Bei der Herrin war es das Gleiche. Und das kleine Kind war von den Flecken ganz entstellt. Schlimm sei es gewesen, ganz schlimm.

Von Luchtenberg wollte auf Nummer Sicher gehen.

»Und die anderen Toten in Kirchhoven? Sahen die auch so schrecklich aus wie die Familie Roers?«

Die lange Dorle schüttelte den Kopf.

»Nein Sendgraf, nur die Roers mussten so erbärmlich leiden. Die anderen Toten in Kirchhoven schauten genauso aus wie die Toten in Roerkempen. Da ist mir nichts aufgefallen.«

Junker Benedikt wechselte das Thema. Wollte von der Leichenfrau wissen, ob es in Roerkempen oder in Kirchhoven zu irgendwelchen nicht erklärbaren Zwischenfällen gekommen sei. Ob Fremde, besonders alte Frauen, sich hätten blicken lassen. War Vieh verendet, hatte es Fehl- oder Frühgeburten gegeben? Hörte man in der Dunkelheit fremde, unerklärliche Geräusche?

Dorle bekreuzigte sich erschrocken, fasste sich aber schnell wieder.

»Nein Sendgraf, von irgendwelchen Hexendingen weiß ich nichts.«

Sowohl in Kirchhoven als auch in Roerkempen wäre diesbezüglich noch nie etwas passiert. Das könne sie bei der heiligen Mutter Gottes schwören.

Der Sendgraf war zufrieden.

»Höre Dorle«, ermahnte er sie, »sprich mit niemandem über das, was ich dich gerade gefragt habe. Hexen sind gefährlich, das weißt du. Ehe du dich versiehst, haben die Hexen dich durch ihre Zauberkräfte verhext.«

Wieder bekreuzigte sich die Leichenfrau und versprach hoch und heilig, mit niemandem über die Hexen zu sprechen.

In Roerkempen

Das Pfarrhaus unterschied sich kaum von den anderen Häusern, die den Dorfanger umsäumten: Fachwerk, Fensterläden mit Schweinsblasen, Holzschindeln auf dem Dach. Nur seine Lage zwischen Kirche und Friedhof und das kleine, einfache Holzkreuz über der Eingangstüre verrieten den Bewohner. Bruder Dominik öffnete seinem Besucher die Türe und lud den Junker freundlich ein.

»Junker Benedikt, das ist aber eine Überraschung. Was macht denn Ihr in Roerkempen? Tretet ein.«

Der Mönch schritt voran, lud den Besucher ein, am Tisch Platz zu nehmen. Von einem Bord hangelte Bruder Dominik zwei Holzbecher herunter und goss aus dem Krug, der schon auf dem Tisch gestanden hatte, für jeden etwas Most ein.

Von Luchtenberg ließ sich vorsichtig nieder. Der Schemel war schon etwas wakkelig und er wollte den Mönch nicht in die Verlegenheit bringen, sich für ein marodes

Möbelstück entschuldigen zu müssen, das durch anderer Leute Ungeschicklichkeit zu Bruch ging.

»Ach Pater Dominik, was soll mich schon nach Roerkempen führen?«

Junker Benedikt seufzte tief, zuckte mit den Schultern. »Ich mache gerade eine Rundreise durch die Dörfer der beiden Grafschaften und prüfe nach, ob und wie die einzelnen Gutsherren die Rattenplage bekämpfen, die ja immer noch wütet. Ihr seht ja mit eigenen Augen tagtäglich, welches Unheil das Ungeziefer anrichtet.«

Pater Dominik hatte aufmerksam zugehört. Offen sah er den Sendgrafen an. Machte keinen Hehl daraus, dass er dies nur für die halbe Wahrheit hielt. Von Luchtenberg konnte ein Grinsen nicht unterdrücken.

»Euch macht man wohl nicht viel vor?«

Der Geistliche deutete eine Verbeugung an.

»Wer wie ich den Leuten ständig die Beichte abnimmt, der kennt sich aus mit den kleinen Schwindeleien, den Halbwahrheiten und den faustdicken Lügen. – Ihr habt mir da gerade eine nette, kleine Halbwahrheit aufgetischt.«

»Punkt für Euch, Pater. Gewiss, ich bin gerade auf Rundreise. Aber der Hauptgrund für meinen Besuch hier im Dorf ist ein ganz anderer. Es geht um die Familie Roers. Genauer gesagt, unter welchen Umständen die Leute gestorben sind, angefangen bei Fräulein Charlotte bis hin zu Elsbeth Roers.«

Von Luchtenberg war aufgestanden und wie zufällig zum kleinen Fenster marschiert. Öffnete den Laden, schaute dabei hinaus, gerade so, als wolle er nur einmal nachsehen, wer da gerade über die Dorfstraße ging. Das war eine schlechte Angewohnheit von ihm, er wusste dies am besten. Dies hatte aber das Gute, die Leute, denen er Fragen stellte, ein wenig den Faden verlieren zu lassen. Sie verplapperten sich dann eher.

»So wie sich die Sache darstellt, hat es hier eine Reihe von Morden gegeben, Pater Dominik. Die Familie Roers ist unter mehr als merkwürdigen Umständen völlig ausgestorben. Mag sein, dass der Tod von Fräulein Charlotte noch mit dem Fleckfieber zu erklären ist, dem ja auch einige andere Leute hier im Ort zum Opfer gefallen sind. Aber was ist mit den anderen?«

Der Sendgraf saß wieder auf dem Schemel und schaute seinem Gastgeber in die Augen.

»Bei Eberhard, Thomas und Elsbeth verlief die Krankheit viel heftiger. Sie starben schneller und qualvoller, als Einzige sowohl in Kirchhoven als auch in Roerkempen.«

Der Mönch hatte verstanden.

»Und welchen Verdacht habt Ihr, Junker Benedikt?«

»Gute Frage, Pater Dominik, wirklich. Kann Euch leider keine gute Antwort geben.«

»So gebt mir eine schlechte oder stellt Euch selber so lange Fragen, bis Ihr eine Antwort habt.«

Mit dürren Worten berichtete von Luchtenberg von dem Verdacht, den der Kanzler in dieser verzwickten Angelegenheit hegte. Gab das Ganze natürlich als Ergebnis seiner eigenen Überlegungen und Nachforschungen aus. Pater Dominik lächelte und dachte sich seinen Teil.

»Mord durch Hexerei? Wird daran gedacht?«

Pater Dominik schüttelte ungläubig mit dem Kopf. Wie fast alle Geistlichen traute er den Hexen im wahrsten Sinne des Wortes jede Schandtat zu. Er ging jedoch stets davon aus, es mit gefährlichen, aber einfältigen Weibern zu tun zu haben. Auf Befehl oder mit Hilfe des Bösen durch Hexengebräu einen Fluss vergiften, mittels Zaubersprüchen eine Rattenplage herbeiführen – ja. Aber ansonsten?! Hier ging es um eine Mordserie und um die Besonderheiten und Winkelzüge adeligen Erbrechts.

»Da müssten sich die Hexen ja die Mühe gemacht haben, nicht nur eine ganze Reihe von Morden zu begehen, diese mit großer List zu tarnen, dass sie wie Fleckfieber ausschauen – und danach auf jedwede Belohnung zu verzichten? Denn dass jemand mordet, ohne etwas dafür zu bekommen, Sendgraf, das glaubt Ihr doch auch nicht? All die schönen Häuser und Ländereien sind ja nicht in die Bettelsäcke alter Weiber gelandet. Es ist Martin Broichhuusen, der von Gutshof zu Gutshof reitet und das viele Geld einstreicht.«

»Noch ein Punkt für Euch, Pater. Und damit bin ich beim nächsten Thema: bei Martin Broichhuusen. Was wisst Ihr über ihn?«

Der Geistliche machte ein verlegenes Gesicht, so als suche er nach den richtigen Worten.

»Da gibt es nicht viel zu berichten, Junker Benedikt. Herr Broichhuusen ist der Bruder der verstorbenen Frau Elsbeth. Von anderen Verwandten weiß ich nichts; ich bin kein Einheimischer. Von Haus aus gehört ihm nur das Gut Broichhuusen. Mit Verlaub gesagt, ich halte ihn für ein kleines Licht. Kann kaum lesen und schreiben, ist darauf angewiesen, dass seine Frau alle Verwaltungsarbeit auf dem Gut macht. Wenn er nicht gerade zur Jagd geht, dann treibt er sich in Heinsberg herum. Ihr wisst besser als ich wo und mit wem.«

Der Sendgraf machte sich nicht die Mühe, seine Schadenfreude hinter vorgehalte-

ner Hand oder sonst irgendwie zu verstek-
ken. Die Geschichte, auf die der Geistliche
anspielte, machte damals in der ganzen
Grafschaft die Runde. Eine seiner letzten
Amtshandlungen als Hauptmann der Heinsberger Stadtwache hatte darin bestanden,
Martin Broichhuusen aus dem städtischen
Bordell herauszuholen. Als verheirateter
Mann hatte er dort nichts zu suchen. Da er
nicht genug Geld bei sich hatte, außer dem
Liebeslohn auch noch die saftige Geldstrafe
zu bezahlen, musste er mit ins Stadtgefäng-
nis kommen. Seine Frau ließ sich damals
eine volle Woche Zeit, den Untreuen auszulösen!

»Aber das ist ja eher die Regel als die
Ausnahme in solchen Familien.« Der Pater
zuckte resigniert mit den Schultern, ehe er
seinen Bericht fortsetzte. »Hat im letzten
Krieg unter dem verstorbenen Kaiser gedient. Ob er dabei irgendwie gut oder
schlecht aufgefallen ist, kann ich nicht sagen.
So etwas kriegt man nicht mit, wenn man in
Roerkempen Pfarrer ist. Da habt Ihr die
besseren Quellen.«

»Das hört sich ja so an, als könne Martin Broichhuusen keine Scheibe Wurst vom Teller ziehen.«

Von Luchtenberg wusste nicht so richtig, was er von dem kurzen Bericht halten sollte. Nach einem eiskalt planenden und handelnden Mörder hörte sich das ja nun wirklich nicht an.

»Erzählt mir etwas über Zilli Broichhuusen. Aber haltet Euch nicht an ihren Gewändern auf. Tratsch und Klatsch über Putz und Schmuck kriege ich in Heinsberg genug zu hören.«

Pater Dominik winkte verärgert ab. »Stutenbissigkeit, nichts als die übliche, traurige Stutenbissigkeit. Die Frau hat ihre Fehler, sicherlich. Aber als Herr Eberhard das Fleckfieber bekam, da ist sie jeden Tag nach Gut Roers geritten, kaum dass im eigenen Haus die gröbste Arbeit erledigt war. Hat auf die Mägde Obacht gegeben und die fronpflichtigen Bauern an die Arbeit gesetzt, damit sich die arme Elsbeth um Mann und Kind kümmern konnte. Darüber spricht man wohl nicht in Heinsberg.«

Dem konnte Junker Benedikt nur beipflichten. Davon, dass Zilli Broichhuusen sich nützlich machten konnte, hörte er zum ersten Male.

»Ist einer von den Broichhuusens jemals in den Verdacht der Hexerei gekommen?«

Der Mönch schaute seinen Besucher mit einiger Verwirrung an. Hatte die im ganzen Land bekannte Hexenangst des Erzbischofs auch den Sendgrafen angesteckt? Oder nahm der ihn zum Besten?

»Junker Benedikt! Was sollen Leute von Stand sich mit solchen Hexen abgeben. Vieh töten, welches einem ohnehin gehört? Kinder verhexen, die hinterher für teures Geld Arzneien brauchen, weil sie sonst krank bleiben und in späteren Jahren als Arbeitskräfte ausfallen? Sendgraf, ich bitte Euch! Auf den Gütern hat man die Hexen doch am meisten zu fürchten.«

Wieder ein Punkt für den Pater.

Für Junker Benedikt hieß es Abschied nehmen.

»Wenn Ihr meine beiden Reiter seht, schickt sie in die Schankstube. Und noch etwas: Zu miemandem ein Wort über unser Gespräch.«

Zilli Broichhuusen erhob sich anmutig von ihrem Lehnstuhl und reichte dem Gast, obwohl er völlig unangemeldet kam, ihre Rechte zum Handkuss.

»Frau Broichhuusen, es ist schön, dass Ihr Zeit habt, mich zu empfangen.«

Benedikt von Luchtenberg nahm auf dem angebotenen Lehnstuhl Platz, der Hausherrin gegenüber. Ungeniert ließ er seine Blicke schweifen. Butzenscheiben in allen Fenstern des Raumes, die Türen aus schwerer Eiche, der Holzfußboden kunstvoll verlegt, alles stäubchensauber. Auf einem Wandbord befanden sich sogar einige kleine Bücher. Eines davon schien neu zu sein. Junker Benedikt konnte verstehen, dass der Kanzler Bauchgrimmen bekam bei dem Gedanken, dass das schöne Gut ein für alle Male an Martin und Zilli Broichhuusen fallen sollte. Mit den fruchtbaren Feldern, dem großen Waldstück zwischen Kirchhoven und Roerkempen, den zwei Dörfern samt

Hintersassen kam da ein hübsches Vermögen zusammen.

»Junker Benedikt«, unterbrach Zilli Broichhuusen seine Gedanken, »was führt Euch denn hier nach Roerkempen?«

Von Luchtenberg setzte sein freundlichstes Lächeln auf.

»Oh Frau Broichhuusen, es ist eine reine Formsache. Ihr wisst ja, dass es zu meinen Aufgaben gehört, die Fortschritte zu überprüfen, die bei der Rattenbekämpfung gemacht werden. Welch furchtbare Schäden das Ungeziefer jedes Jahr in den Kornkammern anrichtet, ist ja allgemein bekannt. Man kann den Kanzler nur loben, dass er das Problem so beherzt beim Schopf packt und Prämien für das Fangen und Erschlagen der Viecher aussetzt.«

Der Sendgraf nahm sein Gegenüber ins Visier. Die Frau trug ein mit Seidenbändern verziertes, zwei Drittel langes Kleid aus schwarzer Lammwolle. Ein farblich passendes Untergewand aus feinstem Leinen, am Saum ebenfalls mit Seidenbändern besetzt, lugte darunter hervor. An der passenden

Haube fehlte es ebenfalls nicht. Die Damen bei Hofe hatten diese Mode erst vor Kurzem eingeführt. Kein Wunder, dass die adeligen Damen und die Bürgerfrauen der Grafschaft öfters etwas zum Tratschen fanden.

»Deshalb bin ich hierher zu Euch nach Roerkempen gekommen, um mir die Abrechnungen zeigen zu lassen, damit ich dem Kanzler Bericht erstatten kann, wenn ich in der kommenden Woche nach Aachen reite.«

Zilli Broichhuusen war überrascht. Wollte der Sendgraf etwa jeden einzelnen Gutshof selbst überprüfen? War dies nicht eigentlich die Aufgabe des jeweiligen Grafen?

»Gewiss doch, Frau Broichhuusen, zu meinen direkten Pflichten gehört das nicht. Aber wenn ich auf einigen wenigen Gütern direkt die Bücher prüfe, dann weiß ich nicht nur, dass die jeweiligen Gutsherren ihre Pflicht tun, dann weiß ich auch, dass die Grafen ebenfalls ihre Pflicht erfüllen und auf den Gütern für Ordnung sorgen.«

Zilli Broichhuusen nickte. Unter dem Fenster stand eine einfache Truhe, wie man sie viele Generationen lang benutzte. Mit wenigen Griffen hatte sie die Truhe geöffnet, die entsprechenden Wachstafeln herausgenommen und auf dem Tisch ausgebreitet. Eine kleine Kassette aus Eisen wurde daneben gestellt. Den dazugehörigen Schlüssel nahm Frau Broichhuusen von dem schweren Bund, der an ihrem Gürtel befestigt war.

»Wird Euch die Arbeit denn nicht allmählich zu viel, Frau Broichhuusen? Drei Häuser und drei Güter müssen doch eine arge Belastung sein für Euch.«

Zilli Broichhuusen zeigte ihr kurzes, aufgesetztes Gesellschaftslächeln.

»Das schaut nur auf den ersten Blick so aus, Junker Benedikt. Roerkempen und Kirchhoven liegen ja direkt nebeneinander und sind bequem über die neue Landstraße zu erreichen. Möbel und Hausrat überall reichlich. Ich musste nur dafür sorgen, das ausreichend Gewänder und Wäsche verteilt sind. So können wir überall so lange bleiben wie es nötig ist. Das ist das ganze Geheimnis.«

Von Luchtenberg brauchte nur wenige Minuten, um die Abrechnung zu überprüfen. Alle Zahlen waren in Ordnung. Etwas anderes hatte er nicht erwartet.

»Eine Bitte noch Frau Broichhuusen«, der Sendgraf war aufgestanden. »Ich möchte mir nur noch schnell anschauen, wo und wie die toten Ratten vergraben werden.«

Die Angesprochene lächelte freundlich und bat Junker Benedikt, ihm nach draußen auf den Hof zu folgen.

»Wir werfen die Kadaver in eine Grube hinter dem Hausgarten«, berichtete Zilli.

Es waren etliche Schritte zu gehen von der Haustüre bis zum anderen Ende des Gartens. Hier, an der Hecke zum Nachbargrundstück, hatte einer der Hintersassen eine tiefe Grube ausgehoben, in die man die Kadaver hineinwarf. Ein Fass mit ungelöschtem Kalk stand ebenfalls bereit, daneben ein Haufen loser Erde. Kein Gestank und keine Gefahr von neuen Seuchen.

»Vorbildlich Frau Broichhuusen, wirklich vorbildlich! Erst gestern habe ich so ein Ferkel rügen müssen, das die Viecher einfach auf den Kehrrichthaufen vor der Haustüre warf. Ein widerlicher Gestank. Und dann wundern sich die Leute über Übelkeit und Kopfweh.«

Zilli Broichhuusen bedankte sich artig für die Freundlichkeiten und brachte den Gast noch bis zur Stalltüre. Der Knecht wartete schon mit dem gesattelten Pferd. Von Luchtenberg schaute sich noch einmal um.

»Welch wunderschönes Gut, ein wenig beneide ich Euch.«

Die Eingangstüre zur Schänke war so niedrig, dass Junker Benedikt sich bücken musste, um ins Haus zu gelangen. Zwei kleine, mit Schweinsblasen bespannte Fensterrahmen ließen nur wenig Licht in die Gaststube. An einem der einfachen Tische saßen Theo und Stefan, von Luchtenbergs Reiter. Theo, der jüngere von ihnen, ließ blitzschnell einige hölzerne Karten in den Stulpen seiner weiten Stiefel verschwinden und gab sich die größte Mühe, kein verlegenes Gesicht zu machen. Die Kirche sah es nicht gerne, wenn der alte Brauch des Runenlegens praktiziert wurde. Dem Sterblichen stand es nicht zu, einen Blick in die Zukunft zu werfen. Der Sendgraf tat so als hätte er nichts bemerkt. Er selbst betrachtete das Runenspiel als harmlosen, von der Krone gerade noch geduldeten Zeitvertreib. Die Kirche jedoch betrachtete das Runenlegen als Hexerei. In einem Gespräch unter vier Augen würde er ihm heute Abend klar machen, welchen Ärger er sich mit seinen Runenkarten unter Umständen einhandeln konnte.

Junker Benedikt grüßte kurz und marschierte schnurstracks auf den Wirt zu. David, ein kleines, mageres Männchen mit grauen Haaren, hastete eilfertig auf den hohen Gast zu.

»Sendgraf, welche Ehre für mich. Sagt was ich für Euch tun kann? Ich habe da ein schönes Stück auf dem Feuer, Lammbraten mit feiner Kräutertunke. Das Rezept stammt vom Koch des Abtes. Etwas Feineres kriegt Ihr in ganz Roerkempen nicht.«

Von Luchtenberg kümmerte sich nicht

um das Gerede des Schankwirts, setzte statt dessen seine strengste Amtsmiene auf. Der Wirt musste ihn nach draußen begleiten, hin zu den Stallungen.

»Was soll denn das da für eine Schweinerei sein?«

Junker Benedikt hatte das Männchen am Genick gepackt und wies mit ausgestrecktem Finger auf den Kehrrichthaufen neben der Stalltüre.

»Das stinkt ja bis in die Gaststube hinein. Soll der Rattengestank etwa noch mehr Ungeziefer anlocken? Und abgesehen davon, du weißt doch ganz genau, dass alle toten Ratten auf dem Gut abgeliefert werden müssen. Von der Prämie will ich da gar nicht reden.«

Wie ein Fisch am Haken wand sich David, suchte nach einer passenden Ausrede. Ein armer Schankwirt sei er doch nur und er habe wirklich nicht jeden Tag die Zeit, zum Gut zu laufen und die toten Ratten abzuliefern. In allen Häusern in Roerkempen halte man es so. Der selige Herr Eberhard habe nie darauf bestanden, tagtäglich zu kommen.

Von Luchtenberg hatte genug von den Ratten und ging zurück in die Schankstube zu seinen Begleitern. Die Beiden schäkerten ungeniert mit der Küchenmagd herum, die gerade zwei Teller mit dem angepriesenen Lammbraten und zwei Humpen Bier auf den Tisch stellte. Ohne viel Umstände setzte sich Junker Benedikt dazu und bestellte für sich das Gleiche. Aus den Augenwinkeln bekam er dabei mit, wie sich der Wirt in Richtung Keller verdrückte.

»He Mädchen, setz dich doch zu uns und iss und trink mit uns«, forderte er die Magd auf.

Einen Augenblick später wurde auch schon die dritte Portion serviert. Dem Sendgrafen direkt gegenüber nahm die Küchenmagd Platz mit einem vierten Teller und einem Bier. Theo und Stefan ließen sich das nur zu gerne gefallen und rückten dichter auf als das zwingend notwendig war.

Die Küchenmagd trug ein enges, tief ausgeschnittenes Mieder. Die Kirchenleute verweigerten derart offenherzig gekleideten Frauen das Betreten der Kirche. Und nur wenige Frauen, eine Schankmagd ganz bestimmt nicht, konnten sich die feinen Brusttücher leisten. Junker Benedikt hatte einen Blick für solche Einzelheiten. Der schöne Bernsteinring an der Linken des Mädchens entging ihm ebenfalls nicht. Er dachte an seinen Freund Jonas, der sich für solche Dinge sehr interessierte.

Nachdem alle einige Minuten gegessen und den ersten Hunger gestillt hatten, begann Junker Benedikt das Tischgespräch.

»Stefan, hast du Herrn Broichhuusen auf Gut Roers angetroffen, um meinen Besuch anzumelden? Ich muss noch die Bücher für das betreffende Gut überprüfen.«

Der Angesprochene schrak zusammen. Mit Bedauern wanderten seine Augen weg vom Mieder der Küchenmagd hin zu seinem Dienstherrn.

»Nein Sendgraf, Herr Broichhuusen war gar nicht auf Gut Roers. Die Köchin sagte mir, er sei heute auf Gut Broichhuusen.«

Theo, immer hellwach und rundum aufmerksam, hatte seine Antwort schon parat.

»Dort war Herr Martin aber auch nicht.

Der Stallknecht meinte, er wäre unterwegs zu den Wiesen – die Heuernte.«

Josefa, so hieß die Magd, seufzte leise.

»Drei Häuser – und das alles für nur einen einzigen Herrn. Martin Broichhuusen ist richtig zu beneiden.«

Theo pflichtete dem Mädchen bei: »Wo schon ist, da kommt noch mehr hinzu. So ist das auf der Welt. Unsereiner erbt bestenfalls mal ein Paar Stiefel und ein abgetragenes Wams.«

»Seid nicht so neidisch«, warf Stefan ein. »Man sollte meinen, die Ländereien wären den Broichhuusens direkt vom Himmel vor die Füße gefallen. Das arme Fräulein Charlotte hat sterben müssen. Und wie jämmerlich die drei Roers dran waren, das habt ihr wohl vergessen.«

Eine Weile aßen und tranken alle schweigend.

»Wenn ich das richtig verstehe«, nahm der Sendgraf den Faden wieder auf, »dann gehört jetzt ganz Kirchhoven und auch ganz Roerkempen Martin Broichhuusen.«

»Mit Mann und Maus«, bestätigte Josefa.

Schlug sich mit einem verlegenen Lachen auf die Lippen. »Tschuldigung Sendgraf, ich wollte Euch nicht den Appetit verderben.«

Von Luchtenberg winkte lächelnd ab, bestellte noch eine Runde Bier.

Als die Küchenmagd wieder Platz genommen hatte, fuhr er fort: »Da wir schon beim Thema Ratten sind, Josefa. Ist hier in Roerkempen irgendetwas passiert, ich meine, so seit der Schneeschmelze? Treiben sich Leute im Dorf herum, die hier nichts zu suchen haben, ist Vieh verendet?«

Zu Junker Benedikts Erstaunen blieb das Mädchen völlig gelassen.

»Da wüsste ich nichts, Sendgraf.«

Von Luchtenberg bohrte nach.

»Wirklich nicht, Josefa? Du willst mir doch nicht weiß machen, dass hier in Roerkempen überhaupt nichts passiert.«

Die Angesprochene machte ein verlegenes Gesicht.

»Und du wunderst dich kein bisschen, dass ich über Hexerei spreche. So als wäre es die normalste Sache auf der ganzen Welt. Ein Dutzend Hexen in Roerkempen – aber gar keine Verbrechen wurden begangen?«

Josefa hatte ein knallrotes Gesicht bekommen, nestelte mit gesenktem Kopf an ihrer Schürze herum.

»Wisst Ihr« wisperte sie, »die alte Martha ist meine Großmutter. Ihr habt sie ja in Heinsberg verhört. Und Dorle ist meine Patin. Beide haben mich gewarnt. Ich soll auf Hexen Obacht geben. Die vielen Toten, überall die Ratten. Ich selber glaube auch nicht mehr daran, dass all das mit rechten Dingen vor sich gegangen ist. Fast glaube ich, der Allmächtige will uns dreifach strafen.«

Stefan kam dem Mädchen zu Hilfe.

»Verzeiht Sendgraf, aber es bleibt doch nicht aus, dass ein solches Gerede durch die Gassen geht. Wo man geht und steht Ratten! Und selbst Abt Jakob hat am letzten Sonntag auf Geheiß des Erzbischofs in seiner Predigt vor den Hexen gewarnt.«

Theo setzte noch einen drauf: »Abgesehen davon, Jochen, der Stallknecht von Haus Broichhuusen, hat mir erzählt, dass kürzlich erst wieder Feldfrüchte und Gemüse aus den Gärten gestohlen wurden. Der Jude Ephraim, der hier ein winziges Stück Land gepachtet hat – er zieht hier seine Arzneikräuter – hat bei Herrn Martin gemeldet, dass ihm sehr teure Kräuter gestohlen worden sind. Soll ziemlich aufgeregt gewesen sein, der Jude.«

»Das stimmt Sendgraf.«

David war aus dem Keller zurück gekommen und stellte sich neben seine Magd, legte seine Hand auf ihre Schulter.

»Ephraim hat sogar eine Belohnung ausgesetzt.«

Von Luchtenberg stutzte. Für einen Korb voll Grünzeug schien ihm das reichlich überzogen.

»Ist das nicht ein bisschen übertrieben, Wirt?«

David wehrte ab. Im letzten Herbst hatte Ephraim eine Ladung Heilkräuter bekommen, einige davon sogar aus dem heiligen Land. Heilkräuter, die aus der Erde stammten, über die der Herr Jesus gewandelt ist! Welch ein Segen! Der jüdische Apotheker wollte sie in seinem Gärtchen vermehren und später auf großen Feldern anbauen. Damit war es nun vorbei. Erst in einem halben Jahr sei mit Nachschub aus Jericho zu rechnen. Die Sache mit der Belohnung nur zu verständlich.

Zurück in Heinsberg

Das junge Mädchen hatte einen der Scherenstühle genommen, die an der Wand standen, und ihn vor dem einfachen Holztisch abgestellt. Thamar, so hatte sich Ephraims Tochter dem Besucher vorgestellt, schob einen Teller mit Nussgebäck vor Junker Benedikt.

»Greift zu, Sendgraf.«

Ephraim hatte auf einem ähnlichen Stuhl an der gegenüber liegenden Seite des Tisches Platz genommen und spielte den Vorkoster.

»Frisch gebacken für den Sabbat. Aber sprecht, was kann ich für Euch tun?«

»Da muss ich weit ausholen.«

Das Nussgebäck duftete herrlich, gerade

so, als wäre schon wieder Herbst. Für einen Moment vergaß Junker Benedikt, warum er hier in der Apothekerstube saß. Aber von draußen her roch es nach Heu und Ratten. Diese seltsame Mischung holte ihn zurück in die Wirklichkeit.

Thamar war eine aufmerksame Beobachterin. Sie ging zum offenen Fenster, nahm den Topf mit der Grünpflanze, die dort gestanden hatte, schloss den Fensterladen und trug das Grünzeug hinaus. Verwundert registrierte der Sendgraf, dass es sich dabei um Petersilie handelte.

»Man hat mir gesagt, dass du in Roerkempen ein Stückchen Land bebaust. Stimmt das Ephraim?«

Der Angesprochene blieb gelassen. Als Jude durfte er im Reichsgebiet zwar kein Land als reguläres Lehen besitzen, aber mit Erlaubnis des jeweiligen Gutsherrn durchaus welches pachten.

»Gewiss Sendgraf. Frau Broichhuusen, Ihr werdet die Dame gewiss kennen, war so freundlich, mir ein Stückchen von ihrem eigenen Gartenland zu überlassen. Ich bin ja der Apotheker der jüdischen Gemeinde in Heinsberg. In meinem Alter hat man keine Lust mehr, stundenlang über die Wiesen und durch die Wälder zu streifen für eine Hand voll Kräuter, Gräser und Wurzeln.«

Von Luchtenberg sprach ihn direkt auf den Diebstahl an. Wann genau? Was und wie viel von jedem? Wann und wem wurde der Diebstahl gemeldet? Wurde vorher oder auch später noch etwas gestohlen oder vermisst?

Ephraim wurde ärgerlich.

»Sendgraf, Ihr befragt mich, als wäre ein Sack Gold aus des Königs Schatzkammer verschwunden und unter meinem Bett gefunden worden. Ich schwöre Euch, weder ich noch einer der Meinen hat etwas Unrechtes getan. Wir sind einfache Leute und bemühen uns, ein Gott gefälliges Leben zu führen.«

Der Sendgraf hatte sein Gegenüber die ganze Zeit über scharf beobachtet. Der jüdische Apotheker zeigte keine Spur von Verlegenheit oder schlechtem Gewissen. Mürrisch fuhr jener fort:

»Niemand von uns treibt sich nächtens auf den Feldern herum und murmelt irgendwelches Teufelszeug. Kein Mitglied der jüdischen Gemeinde von Heinsberg ist willens, geschweige denn in der Lage, Seuchen herbeizurufen, die das Vieh töten oder Menschen krank werden lassen.«

Mit einer Geste, halb abwehrend halb beschwichtigend, stoppte Junker Benedikt den Redeschwall Ephraims.

»Ich verstehe deinen Ärger nur zu gut. Es gibt viele dumme Weiber in Heinsberg und anderswo. Die in den Hosen sind sogar noch schlimmer als die in den Röcken. Aber zurück zu meinen Fragen. Ich muss jede Einzelheit wissen.«

Thamar war unbemerkt wieder ins Zimmer gekommen. Zur Besänftigung der Gemüter stellte sie eine Kanne Gewürzwein auf den Tisch und füllte für ihren Vater und dessen Besucher die Becher. Sie selbst trank nichts, sondern setzte sich auf einen Stuhl direkt neben die Türe, so als wäre sie eine einfache Dienerin. Ihre schlanke Figur, die helle Haut und das schwere, dunkle Haar entgingen Junker Benedikt nicht. »Ein kleiner Friedensengel bist du, Mädchen«, murmelte er unhörbar.

Ephraim erzählte.

»Ich hatte mich zu Fuß von Heinsberg aufgemacht und war eine Stunde nach Sonnenaufgang in Roerkempen. Den Diebstahl habe ich natürlich sofort bemerkt. Ein ganzer Weidenkorb voll Kräuter war einfach ausgerupft und mitgenommen worden. Kreuz und quer aus dem Beet heraus. Mitten durch die Reihen ist der Dieb getrampelt. Hat dabei mehr kaputt gemacht als gestohlen. Ich bin sofort zum Gut gelaufen. Aber auf Gut Broichhuusen hat man mich nicht vorgelassen. Die Köchin schickte mich wieder fort, weil die Herrschaften nicht zu Hause waren. Sie meinte noch, ich solle am Abend nochmals vorbeischauen, wenn Herr Martin und die Frau von der Beerdigung zurück seien. Das habe ich dann auch getan. Frau Zilli hat mir noch den Rat mit der Belohnung gegeben. Hat leider nichts genutzt.«

»Welche Beerdigung?«

»Die Beerdigung von Fräulein Charlotte.«

Von Luchtenberg fragte nach den anderen Diebstählen. Aber dazu konnte Ephraim nicht viel sagen. Er wusste nur vom Hörensagen, dass an dem Tag, an dem seine Arzneikräuter verschwunden waren, man auch in anderen Gärten Gemüse und Salat gestohlen hatte.

Das fiel in den Bereich des Üblichen. Im späten Frühjahr, wenn die alte Ernte aufgebraucht war, es aber noch wenig Neues in den Gärten gab, kam es immer wieder zu kleinen Diebereien. Nur die wenigsten Täter wurden gefasst. Schließlich landeten die Möhren und Salatköpfe schneller in den hungrigen Mägen als jeder Gutsbesitzer im Stande war, die Häuser der Verdächtigen zu durchsuchen. Also ließ man es ganz bleiben.

»War etwas Besonderes bei dem Gestohlenen, Ephraim? Es wird in Roerkempen von einer außergewöhnlich hohen Belohnung geredet.«

Der Apotheker bejahte. Mehrere Büschel Ringelblumen, eine große Staude Tausendgüldenkraut und etwas Gartenraute hatte der Dieb mitgehen lassen. Am meisten ärgerte ihn aber der Verlust der Hundspetersilie. Simon, sein Vetter aus Kleve, hatte ihm dieses, aus dem heiligen Land stammende, Kraut besorgt.

»Das Zeug vermehrt sich sehr gut und wächst praktisch auf allen Böden, Sendgraf. Es lässt sich frisch verwenden und auch getrocknet. In Frankreich verwendet man es seit einigen Jahren mit großem Erfolg gegen die Fallsucht und bei Vergiftungserscheinungen nach dem Genuss von verdorbenen Lebensmitteln. Wenigstens habe ich noch eine Zuchtpflanze hier im Haus. Die kann ich vermehren und im nächsten Jahr anbauen. Aber ein Jahr Ernteausfall wird mir als Verlust bleiben.«

Ephraim wies mit seiner Rechten auf die Tischkante. Dort stand, wie von unsichtbarer Hand geholt, derselbe Topf, den Thamar erst vor wenigen Minuten aus dem Zimmer getragen hatte. Junker Benedikt hatte gar nicht bemerkt, dass das Mädchen den Topf wieder geholt und neben dem Vater abgestellt hatte. Ein feiner Geruch von Mäusen stieg von der Pflanze auf und verbreitete sich im Zimmer. Neugierig geworden betrachtete der Sendgraf das Kraut von allen Seiten: saftige, kurze Stiele; krause Blätter, groß wie der Daumennagel eines Mannes; die Farbe wie Petersilie im Herbst.

»Ganz genau wie Petersilie! Wenn das Zeug nicht so erbärmlich stinken würde, würde ich glatt davon probieren«, rief Junker Benedikt erstaunt. »Und ich dachte beim Eintreten schon, der Geruch käme von der Straße.«

Thamar lächelte sanft und trug den Topf wieder fort.

Die Uhr schlug gerade zwölf, als Benedikt von Luchtenberg das Haus des jüdischen Apothekers verließ. Eiligen Schrittes hastete er durch die Judengasse, überquerte den Marktplatz und stieß dabei unversehens einen Korb mit Salatköpfen um.

»Mist aber auch«, schimpfte er leise vor sich hin. Bei dem Versuch, nach hinten zu treten, um den Schaden möglichst gering zu halten, blieb er mit seinen langen Füßen an einem der Griffe des Korbes hängen und zertrat erst recht alles.

»Sendgraf, heute ist aber nicht Euer Tag. Der schöne Feldsalat, alles zertreten. Man sieht ja gar nicht mehr, wo das eine Kräutlein anfängt und das andere aufhört. Das kann ich ja nicht einmal mehr an meine Kaninchen verfüttern.«

Die dicke Gudrun war sauer. Drei Wochen Arbeit dahin. Benedikt von Luchtenberg ärgerte sich über seine eigene Ungeschicklichkeit. Erst die Ratten von früh bis spät, dann die Morde, der bestohlene Apotheker – und jetzt auch noch die eigenen, trampeligen Füße.

»Hast ja Recht, Gudrun«, beschwichtigte er die Bäuerin. »Lass uns nicht streiten. Sag mir, was der Korb voll kostet – und dann machen wir Beide, dass wir zu Mittag essen, ehe noch was Schlimmeres passiert.«

Die dicke Gudrun war einverstanden; zwei Münzen wechselten den Besitzer.

Jonas, der älteste Sohn des Heinsberger Grafen, erhob sich vom Tisch, an dem er mit einigen Freunden gesessen hatte und winkte den Eintretenden zu sich.

»Wird Zeit, dass du endlich kommst, Benedikt«, begrüßte er den Sendgrafen. Der Angesprochene setzte sich zu den anderen, winkte den Wirt heran und gab seine Bestellung auf. Bratfisch mit Röstbrot und einen Humpen Dünnbier. Schließlich war Freitag.

»Danke noch für deinen Tipp mit der Josefa. Die Sache mit dem viel zu teuren Ring und dem viel zu tief ausgeschnittenen Mieder muss ich mir unbedingt merken. So etwas kann ich sicher öfter brauchen.«

Der junge Graf Jonas hatte vor einem halben Jahr, als Benedikt den Posten des Sendgrafen übernahm, die Stellung des Hauptmanns der Stadtwache erhalten. Der junge Mann sollte, so der alte Graf und Herr über Heinsberg, von seiner Ausbildung zum Ritter Gebrauch machen und sich auf seine künftigen Aufgaben als Verwalter vorbereiten. Der Sendgraf respektierte den Alten und mochte den Jungen. So betrachtete er es nicht als Bürde, Jonas ein wenig unter die Arme zu greifen und ihm gelegentlich einen Rat zu geben. Der junge Graf war ein lustiger Bursche, guter Kamerad und nicht zuletzt heller Kopf.

Es hatte sich eingebürgert, dass man sich freitags im Ratskeller traf, zusammen mit den anderen bedeutenden Bürgern der Stadt Bratfisch aß, ein wenig klatschte (hätte niemand von ihnen zugegeben) und sich bei Bedarf hinterher im benachbarten Haus des Sendgrafen traf, wenn etwas unter vier Augen zu bereden war.

Der Wirt selbst servierte am Tisch, stellte den Teller mit dem Fischgericht hin, den Bierkrug daneben. Benedikt nahm einen kräftigen Schluck. Die anderen taten es ihm gleich. Jonas von Heinsberg wischte sich die Lippen, tat einen kleinen Rülpser (es waren ja keine Damen anwesend) und berichtete der Tischrunde.

»Die Josefa, die Schankmagd aus Roerkempen, hat sich als Winkeldirne erwischen lassen. Auf deinen Rat hin, Benedikt, habe ich den Pfarrer auf das Mädchen angesetzt. Der hat das Früchtchen auf frischer Tat erwischt. Der Dirnenlohn steckte noch im Mieder. Pech gehabt! Sonst hätte sie sich bequem auf simple Unzucht rausreden können.«

Vom anderen Ende des Tisches kam leises Gelächter. Der Nagelschmied Markus grinste: »Ich wusste gar nicht, dass es in Roerkempen überhaupt ein stilles Plätzchen dafür gibt.«

Jonas von Heinsberg winkte lachend ab.

»Wo ein Wille ist, da ist auch ein Weg. Hinter der Hecke von Ephraims Gärtchen hat die Gute ihren Stammplatz gehabt. Jeden Abend nach Sonnenuntergang, kaum dass die Schänke Feierabend machte. Hat sie wenigstens zugegeben.«

Bis dahin hatte der Sendgraf nur mit halbem Ohr zugehört. War heilfroh, sich nicht mehr selbst mit den Dirnen und ihren Freiern rumärgern zu müssen.

»Sag mal Jonas, warum hat die Josefa denn zugegeben, schon länger rumzuhuren? Riskiert dabei doch, nicht nur aus der Grafschaft gejagt, sondern obendrein noch ins Hurenhaus gesteckt zu werden. Für so dumm habe ich das Mädchen gar nicht gehalten.«

Der Hauptmann hob mit einem leisen Lachen die Hände.

»Unter ihrer Bettstatt fand man einen Beutel voll mit Silbermünzen, obwohl sie beim Schankwirt nur Kost und Unterkunft hatte. Ich schätze, sie muss schon ein gutes Jahr lang ihr Gewerbe betrieben haben. Blieb ihr doch gar nichts anderes übrig, als zu gestehen. In den letzten Tagen hat es in Roerkempen und Kirchhoven mehrere Diebstähle gegeben. Immer war es bares Geld, welches der Dieb oder die Diebin erst aus den jeweiligen Verstecken herausholen musste. Kein anderer Sünder weit und breit in Sicht. Besser als Dirne verschrieen denn als verdächtige Diebin gefoltert und womöglich noch gehängt zu werden. Unter der Folter gesteht jeder alles, glaubt es mir.«

Der Wirt hatte zur Feier des Tages einen Korb Äpfel als Nachtisch spendiert. Mit den Gedanken noch immer bei der Josefa, hangelte sich der Sendgraf einen davon heraus. Prall und rot. Der junge Graf beendete gerade seinen Bericht. Sein Vater als Inhaber der Gerichtsbarkeit hatte bereits befohlen, das Mädchen ins städtische Hurenhaus einzuliefern. Schon in einer Stunde, wenn die Essenszeit vorüber war und das Markttreiben wieder begann, würde die Schankmagd Josefa am Schandpfahl angekettet stehen als kirchliche Buße für ihre Unkeuschheit, gekleidet mit dem roten Mieder als Kennzeichen für ihren unehrlichen Lebenswandel.

»Sehe ich dich heute Abend auf dem Ball der Kaufmannsgilde, Sendgraf?«

Benedikt von Luchtenberg schreckte hoch. Graf Jonas hatte ihn angestupst, zwinkerte in frech an.

»Ich habe gehört, die schöne Frau Margot ist auch eingeladen. Guckt nur, er wird rot.«

Die Übrigen am Tisch machten aus ihren Herzen keine Mördergruben, lachten ihn frank und frei aus, wie er so am Tisch saß und rot wurde. Hatte gar nicht mitbekommen, dass längst ein neues Thema durchgehechelt wurde. Nun dachten seine Freunde natürlich, dass die schöne Schreiberin der Grund für seine Geistesabwesenheit war. Er ärgerte sich mehr über sich selbst als über die Bemerkung des jungen Grafen.

»Neidisch?«, fragte er mit dem süßesten Lächeln der Welt. »Du guckst in deiner Amtsstube nur in das Gesicht vom griesgrämigen alten Michel. Ich kann in die grünen Augen einer schönen Frau blicken.«

Grölendes Gelächter belohnte seine Schlagfertigkeit.

Schade nur, dass die grünen Augen sich nicht die Mühe machten, ihn auch einmal anzuschauen. Oder wenn, dann schauten sie ihn nur respektvoll an.

Der Tanz

»Wenn ein Tag schon nicht gescheit anfängt, dann hört er mit Sicherheit miserabel auf.«

Von der Abtei her bimmelte es das Angelusläuten. Sechs Uhr, Zeit für das Abendgebet und das Nachtmahl. Benedikt von Luchtenberg hatte aber keinen Hunger, hatte keine Lust, sich für den Ball der Kaufmannsgilde umzukleiden, erst recht keinen

Sinn für Gebete.

Erst vor wenigen Minuten war Pater Dominik wieder gegangen; eilig, um den Toresschluss nicht zu verpassen, denn er wollte nicht in der Stadt übernachten müssen, sondern noch im Hellen zurück nach Roerkempen.

Martin Broichhuusen war tot. Gestorben am Fleckfieber, so wie seine ganze Familie. Der Geistliche hatte einen heimlichen Blick unter das halb offene Hemd des Sterbenden werfen können, als er ins Haus kam, die Beichte abzunehmen und dem Todgeweihten die letzte Ölung zu geben. Der Körper des Mannes war geradezu entstellt von den Flecken.

Fräulein Charlotte, die anderen Roers, jetzt Martin Broichhuusen. Das stank geradezu nach Mord, so wie es in den Straßen nach Ratten stank. Nur, wer? Und vor allen Dingen wie? Sollte der Erzbischof Recht behalten mit seiner Vermutung?

Nein, da stimmte etwas Entscheidendes nicht. Martin Broichhuusen war ja selber Opfer geworden. Jemand anderes musste der Mörder sein.

Benedikt von Luchtenberg hatte seine Wanderung vom Fenster zum Schreibtisch und zurück wieder aufgenommen. Hin und her. Fenster auf, Fenster zu.

Vor seinen Augen tauchten Frauen auf, bildeten einen Reigen, begannen einen grotesken Tanz. Die dicke Gudrun jonglierte mit roten Äpfeln herum, Josefa trieb auf einer grünen Wiese Unzucht mit Martin Broichhuusen, Zilli tanzte um die Beiden herum und blätterte dabei in einem ihrer kostbaren Bücher. Thamar tauchte aus dem Nichts auf, den Topf mit der Hundspetersilie in der Linken. Mit ihrer Rechten pflückte sie kleine Blättchen ab, streute sie über die Äpfel von Gudrun, über Zilli und zu guter Letzt über das sich immer noch auf der Wiese herumwälzende Pärchen.

Von links tauchte Ephraim auf, Pater Dominik kam ihm entgegen. Artig, als wären sie Höflinge, verbeugten sie sich voreinander. Sie drehten sich zu den Frauen hin und applaudierten ihnen. Drehten sich um und riefen: »Du hast die falschen Fragen gestellt,

Benedikt von Luchtenberg. Du hast die falschen Fragen gestellt.«

Ein lautes Hämmern kam aus der Ferne, kam immer näher, erschreckte und vertrieb die Spukgestalten.

»He Sendgraf«, Graf Jonass Stimme holte ihn zurück in die Gegenwart, wieder in seine Amtsstube. »Sag mal, welcher Teufel hat denn dich heimgesucht? Du bist ja käsig im Gesicht als hättest du von Satans Teller essen müssen. Bist du krank? Soll ich nach dem Arzt schicken? Den Apotheker holen lassen?«

Der Angesprochene hatte gar nicht gemerkt, dass er auf dem Fußboden zusammengesunken und dort liegen geblieben war. Den Freund hatte er auch nicht kommen hören. War es sein Klopfen gewesen, das die Traumgestalten vertrieben hatte?

»Der Apotheker?«

In von Luchtenbergs Gesicht kehrte die Farbe zurück. Er konnte seine Gliedmaßen wieder bewegen und sich, wenn auch noch ein wenig unbeholfen, auf den Stuhl setzen.

»Ja Jonas, den Apotheker kann ich jetzt

gut brauchen. Aber lass mir den alten Ephraim holen, den Juden.«

»Aber warum denn ausgerechnet den? Der Stadtapotheker wohnt gleich um die Ecke.«

»Es muss der Jude Ephraim sein. Nur er kann mir meine Fragen beantworten. – Ach, und lass mir die Dirne Josefa holen.«

Entsetzt starrte Jonas von Heinsberg in das Gesicht seines Freundes.

»Nein Jonas«, beruhigte jener ihn, »ich habe nicht den Verstand verloren. Im Gegenteil. Eine volle Woche bin ich wie ein Blinder durch die Gegend getappt. Jetzt sehe ich endlich klar.«

Der Hauptmann verstand kein Wort.

Ein schöner Morgen

»Graf Jonas, Herr von Luchtenberg. Es ist schön, dass Sie gekommen sind. Es tut gut, vertraute Gesichter zu sehen.«

Zilli Broichhuusen empfing ihre Besucher in dem gleichen Raum, in dem vor wenigen Tagen der Sendgraf mit ihr gesprochen und die Abrechnung überprüft hatte. Die junge Frau trug wieder das gleiche schwarze Kleid. Eines der schönen Bücher lag aufgeschlagen auf dem Tisch. Offenbar hatte sie gelesen, als die Besucher eintrafen.

»So nehmt doch Platz.«

Der Hauptmann war direkt neben der Türe stehen geblieben. Benedikt von Luchtenberg verzichtete ebenfalls darauf Platz zu nehmen.

»Wir sind nicht gekommen, um Euch unser Beileid auszusprechen, Frau Broichhuusen. Ich habe die traurige Pflicht, Euch wegen mehrfachen Mordes festzunehmen und Euch dem Hauptmann der Heinsberger Stadtwache zu übergeben.«

Zilli Broichhuusen lachte schallend. Ein schlechter Witz, aber wenigstens ein Witz.

»Euch wird das Lachen noch vergehen. Ihr haltet das Ganze für einen Witz? Nun, ich hoffe, Ihr könnt auch noch dann lachen, wenn Ihr vor Gericht steht. Die Dirne Josefa hat Euch ganz deutlich gesehen, als Ihr in Eurem schönen Trauerkleid zu nachtschlafener Zeit auf Diebestour gegangen seid in Ephraims Gärtchen, dort wo die Gute ihren Stammplatz hatte und jeden sehen konnte, der auf Diebereien aus war. Und Ephraim, der nicht nur bestätigen kann, dass die Hundspetersilie mutwillig und auf den ersten Blick ohne Sinn zertrampelt wurde. Aber, wo scheinbar sinnlos alles zertrampelt wird, da kann man später nicht mehr sagen, ob etwas fehlt. So habt Ihr doch gedacht, nicht wahr?

Hundspetersilie, Aethusa cynapium, oder auch Gartenschierling genannt, ist ein vorzügliches Mittel gegen die Fallsucht – wenn man richtig dosiert. Stinkt zwar nach toten Mäusen, aber was tut der Mensch nicht alles, um wieder gesund zu werden. Eine Überdosis jedoch führt zu hohem Fieber, Ausschlag und zum baldigen Tode. Aber Euch, Frau Broichhuusen, einer gebildeten Frau, muss ich das ja nicht sagen.«

Der Sendgraf hatte das neue Buch, das ihm bei seinem letzten Besuch aufgefallen war, vom Wandbord genommen und blätterte ein wenig darin herum.

»Ein wunderschönes Kräuterbuch habt Ihr da, edle Dame. Alle Heil- und Giftpflanzen der bekannten Welt sind darin verzeichnet, mit vielen Rezepturen und Warnungen, was bei Über- oder Falschdosierung so alles passieren kann. Ephraim besitzt das gleiche Buch. Wie er mir diese Nacht verriet, handelt es sich bei Eurem Buch um eine Abschrift seines Werkes. Als Dank für das schöne Gärtchen und die Felder, die ihr ihm lebenslang pachtfrei überlassen habt.«

Zilli Broichhuusen hatte sich in ihrem Lehnstuhl hoch aufgerichtet, betrachtete ungerührt die Seite, die der Sendgraf aufgeblättert und ihr vorgelegt hatte. Eine Dirne und ein Jude machten nicht viel Eindruck auf sie.

»Die allgegenwärtige Rattenplage und der damit verbundene Gestank machten es Euch leicht, Euren jeweiligen Opfern die nötige Dosis unters Essen zu mischen.«

Benedikt von Luchtenberg legte das Buch aus der Hand und wanderte durchs Zimmer: drei Schritte zum Fenster, drei Schritte zurück zum Tisch. Seinem Begleiter, der immer noch wie eine Statue aus römischer Zeit neben der Türe stand, zwinkerte er unmerklich zu.

»Pater Dominik lobte Euren Fleiß und Eure Hilfsbereitschaft. Er war ja bei jeder Beerdigung und bei jedem Leichenschmaus dabei. Er kann bezeugen, dass Ihr es ward, welche immer am Ehrentisch bediente und auch die Suppe auftrug – Kräutersuppe übrigens.«

Hektisch war Zilli Broichhuusen aufgestanden. Ihr sonst so feines, milchweißes Gesicht hatte eine dunkelrote Farbe angenommen. Die Hände verkrochen sich in die Falten ihres Gewandes. Sie hatte verloren und stand auch dazu.

»Wisst Ihr eigentlich, Sendgraf, dass mir der Gedanke erst bei der Testamentseröffnung gekommen ist. Ursprünglich sollte Charlottes zweites Patenkind, ein junges Ding aus Niederkrüchten, alles erben. Aber dann hat sie es sich doch noch anders überlegt. Eberhard war auf einmal der alleinige Erbe. Sie muss noch auf dem Sterbebett das Testament geändert haben.«

»Soll das heißen, dass Ihr die alte Frau wirklich nicht umgebracht habt?«

Jonas von Heinsberg und der Sendgraf waren erleichtert. Die alte Dame war also doch eines natürlichen Todes gestorben. Zilli Broichhuusen nickte.

»Sie ist tatsächlich am Fleckfieber gestorben. War ja schon ziemlich klapprig und hat sich bei den Kindern angesteckt. Durch ihren Tod kam das Gut in Eberhards Besitz. Ich wusste von Eberhards letztem Willen. Falls seine Familie aussterben sollte, kam Martin an die Reihe. Die Flecken auf ihrem Körper, der Rattengestank und die Seuche haben mich auf die Idee mit der Hundspetersilie gebracht. Die beste Tarnung, die man sich denken kann.«

»Und Euer Gemahl? Warum musste der arme Martin sterben? Bei ihm und damit bei Euch ist doch ein Vermögen gelandet. Ihr als Dame des Hauses und Hüterin der Schlüssel konntet doch frei über den Besitz verfügen. Warum dieser nutzlose Mord?«

»Mein Gott Sendgraf! Stellt Euch doch nicht dümmer als Ihr seid. Wie oft habt Ihr den Taugenichts aus dem Bordell gezerrt? Wisst Ihr das überhaupt noch? Ich für mein Teil kann es gar nicht mehr zählen. Meint Ihr, es ist besonders lustig, den eigenen Gemahl aus dem Gefängnis auszulösen? Die hämisch grinsenden Gesichter hinter den Fensterläden? Das ewige Geklatsche und Getratsche in Heinsberg? Ich hatte es einfach satt. Satt bis obenhin.«

Die Sonne wärmte das Kopfsteinpflaster, tauchte die Mauern aus Fachwerk in sanftes Licht. Jonas von Heinsberg und sein Freund standen im Türrahmen und beobachteten die Reiter des Sendgrafen beim Abtransport der Gefangenen.

»Meine Güte«, seufzte der Jüngere, »als du mir gestern Abend die ganze Geschichte erzählt hast, dachte ich zuerst, du gehörst auf schnellstem Wege ins Narrenhaus.«

Es war eine aufreibende Nacht gewesen. Praktisch alle Zeugen mussten ein zweites Mal vernommen werden. Mit den richtigen Fragen hatte es auch die richtigen Antworten gegeben. Das ehemalige Schankmädchen hatte zugegeben, Zilli Broichhuusen in der fraglichen Nacht gesehen zu haben. Jetzt konnte sie ja zugeben, selber dort gewesen zu sein. Ephraim hatte von der freundlichen Gutsherrin immer nur das Beste gedacht — aber nicht daran, dass sie im Stande war, mit der Kopie seines Kräuterbuches Unheil anzurichten. Sonst hätte er ihr nie erlaubt, eine Abschrift von seinem Werk anfertigen zu lassen. Pater Dominik letztendlich war bei Tisch stets von der hilfsbereiten Zilli Broichhuusen bedient worden.

»Ich muss morgen nach Aachen zur Pfalz. Der Erzbischof kann es bestimmt kaum erwarten, dass ich ihm Zillis Geständnis vorlege.« Von Luchtenberg seufzte. »Wenigstens war sie so schlau, es nicht auf die Folter oder auf eine Anklage wegen Hexerei ankommen zu lassen. Man wird sie als simple Mörderin ertränken. Allemal besser als verbrennen.«

Graf Jonas hatte ihn von der Seite angesehen. Die Mörderin überführt, das Geständnis unterschrieben, der Erzbischof konnte zufrieden sein. Auch, weil all die schönen Güter jetzt doch noch an die Krone fielen. Trotzdem war der Junker unzufrieden mit sich selbst. Der Tod von Martin Broichhuusen machte ihm zu schaffen.

»He Benedikt, lass es gut sein. Du läufst hier als Sendgraf rum, nicht als Hellseher. Verlang nicht Unmögliches von dir selbst.«

Aufmunternd stupste er den Freund in die Seite.

»Wir reiten jetzt in die Stadt, essen in der Ratsstube was Ordentliches und machen für den Rest des Tages blau. Ist zwar noch nicht Sonntag, aber Lust zum Arbeiten hat eh keiner von uns Beiden. Wir sind schon ewig nicht mehr durch die Wälder geritten.«

»Hast ja Recht, Jonas, lass uns aufbrechen.«

Von den Wiesen her duftete es nach Heu. Endlich keine Ratten mehr.

Mordbrand

Ein neuer Auftrag

Die Sonne brannte für einen Junitag ungewöhnlich heiß. Benedikt von Luchtenberg, königlicher Sendgraf für Heinsberg, Wassenberg und Geldern, nahm die Hitze kaum noch wahr. Auf der Jagd nach den Räuberbanden, die seit geraumer Zeit die Straßen unsicher machten, waren er und seine Reiter seit Tagen nicht mehr aus den Kleidern gekommen. Vergebens. Nicht einer der Banditen konnte dingfest gemacht werden.

Die Wälder und Sümpfe der Gegend boten ausreichend Unterschlupf für jeden, der ein wenig ortskundig war. Kinderleicht, aus einem sicheren Versteck heraus die Straßen zu beobachten und sich auf die Lauer zu legen. So kam es immer wieder zu Überfällen auf Handwerksburschen und Bauersfrauen, die sich auf dem Heimweg vom Wochenmarkt befanden. Auch Tote waren mittlerweile zu beklagen.

Ohne etwas zu erreichen, hatte er gestern Abend die Jagd auf die Räuber abgeblasen. Es machte einfach keinen Sinn, Pferde und Reiter weiteren Strapazen auszusetzen.

Heute war Sonntag, die Palisade von Heinsberg bereits in Sichtweite, seine Kriegsknechte in froher Stimmung. Endlich wieder Zeit, in einem richtigen Bett zu schlafen, mit Freunden einen Krug Bier zu trinken, an etwas Schöneres zu denken.

»Sendgraf, seht nur, meint der uns?«

Theo, einer der Kriegsknechte, die den Junker begleiteten, wies Richtung Stadt. Von dort näherte sich mit großer Eile ein Reiter. Kein Handwerker, kein Kriegsknecht - ein Mönch ritt auf sie zu.

»Das kann nur Pater Claudius sein, der Sekretär des Erzbischofs. Ich dachte, der wäre schon zurück in Köln. Er wollte doch nur ein paar Tage bleiben.«

Die Miene des Sendgrafen spiegelte Ratlosigkeit. Der Mönch weilte im Auftrage des Erzbischofs in Heinsberg, um bei den Verhandlungen, die zwischen den Heinsberger und Gelderner Grafen wegen der bevorstehenden Heirat von Graf Jonas und Fräulein Thea geführt wurden, beratend und notfalls Streit schlichtend zur Seite zu stehen. Der Erzbischof als Regent für den noch unmündigen König zeigte großes Interesse an der Sache. Ging es ja auch um die Frage, ob das Heinsberger Lehen erblich werden und in ein paar Jahren endgültig an den jungen Grafen übergehen sollte - oder ob die Herrschaft über Heinsberg an eine andere, der Krone genehmere Familie gehen würde. Eine entscheidende Rolle spielte dabei die neue Burg aus Stein, die anstelle der alten hölzernen Anlage als Festung dienen sollte. Fräulein Theas Mitgift war für die Finanzierung vorgesehen.

Und nun ritt Pater Claudius auf den Sendgrafen und seine Männer zu, als wäre eine der gesuchten Räuberbanden hinter ihm her.

»Pater Claudius, das ist aber nett von Euch, meine Männer und mich schon vor den Toren der Stadt zu begrüßen. Aber warum die Eile, wir laufen doch nicht weg.«

Der Mönch antwortete nicht, stieg vom Pferd ab und bedeutete dem Junker, es ihm gleich zu tun.

»Was ist los, Pater Claudius? Eurem Gesicht nach zu urteilen, muss etwas Schlimmes passiert sein. Gibt es schlechte Nachrichten aus Köln? Haben die Räuber wieder zugeschlagen?«

Der Geistliche hatte sich auf einen der uralten, römischen Meilensteine gesetzt, wie man sie manchmal am Straßenrand fand. Noch ein wenig nach Luft schnappend, begann er: »Heute Morgen ist es in Roerkempen zu einer schlimmen Untat gekommen. Jemand hat das Gutshaus von Graf Jonas angezündet. Die Nachbarn haben getan, was sie konnten. Aber Ihr wisst ja selber, wie das ist in solch einem Fall: Das Haus war nicht mehr zu retten. Das Nebengebäude, der Besitz eines Freibauern, nahm auch Schaden. Zudem wurde einer der Helfer verletzt.

Aber jetzt kommt das Schlimmste: Aus den Trümmern des Hauses zog man eine tote junge Frau namens Helga. Armes Geschöpf, Gott hab sie selig. Und damit nicht genug. In der Brust der Toten steckte ein Messer - eines mit dem Wappen der Heinsberger Grafen. Euch muss ich ja nicht sagen, was das zu bedeuten hat.«

Junker Benedikt wollte nicht glauben, was der Sekretär ihm da erzählte. Der junge Graf war einer seiner besten Freunde. Von Kindesbeinen an kannte er ihn als freundlichen, hilfsbereiten und fröhlichen Burschen. Jonas ein Mörder, so wie der Pater es durchblicken ließ?

Im Frühjahr hatte der junge Mann das ehemalige Gutshaus von Fräulein Charlotte bezogen, das nach einer Reihe von tragischen Ereignissen in den Besitz der Heinsberger Grafenfamilie gekommen war. Sofort verliebte sich Jonas in die Obermagd Helga. Da sie zu seinen Leibeigenen gehörte, machte er die schöne junge Frau zu seiner Geliebten, zu seiner Kebse, wie man solche Frauen landläufig nannte.

»Junker Benedikt, ich muss Euch namens und im Auftrage des Erzbischofs bitten, unverzüglich nach Roerkempen zu reiten und den Mordbrand aufzuklären. Ihr wisst so gut wie ich, um was es bei dieser Sache noch alles geht. Ermittelt gründlich und ohne Ansehen der Person. Wenn der junge Mann die Untat auf dem Gewissen hat, dann muss er bestraft werden - auch wenn es das eigene Haus war und seine Leibeigene. Brandstiftung ist ein Verbrechen gegen alle, da kommt man nicht billig davon mit einem bisschen Wergeld. Der Bauer und sein verletzter Sohn haben Anspruch auf Gerechtigkeit.«

Der Sendgraf warf einen missmutigen Blick zum Himmel. Heiß, staubtrocken - und statt einer anständigen Mahlzeit hatte er jetzt einen verdorbenen Nachmittag in Aussicht.

»Theo und Stefan, wir reiten gleich nach Roerkempen. Konradin«, er winkte einen seiner Männer zu sich »du reitest zu Frau Margot und holst sie ab. Ich brauche sie bei den Verhören. Alle anderen reiten nach Hause und ruhen sich aus.«

Die ersten Verhöre

Theo stand an der Einfangstüre zur Schänke Wache.

»Ist Gräfin Mechthild noch bei ihrem Sohn?«, erkundigte sich Junker Benedikt.

Statt einer Antwort öffnete der Angesprochene die Türe und wies mit der Linken ins Innere der Schankstube. Stefan, der zweite Reiter des Sendgrafen, saß an einem kleinen Tisch in Kaminnähe. Frau Mechthild und ihr Sohn saßen am großen Tisch direkt unter dem Fenster. Margot Jenswien, die Stofftasche mit Wachstafeln und Griffeln über der Schulter, folgte ihrem Dienstherrn ins kleine Haus.

Das Häufchen Elend, das dort aschgrau am Tisch hockte, trank mechanisch von der Fleischbrühe, die ihm seine Mutter in einem großen Holzbecher reichte. Margot Jenswien setzte sich dem jungen Mann gegenüber, die Wachstafeln bereit zum Mitschreiben.

Junker Benedikt begann mit dem Verhör. »Jonas, kannst du mir ein paar Fragen beantworten?«

Der junge Mann starrte auf die Tischplatte, seufzte leise.

»In der Brust von Helga steckte ein Messer mit dem Wappen deiner Familie. Ist es dein Messer, Jonas?«

Gräfin Mechthild funkelte den Junker böse an.

»Benedikt«, ihr fiel es nicht im Traum ein, den Sendgrafen mit seinem Titel anzureden, »was denkst du dir? Du glaubst doch nicht allen Ernstes, dass Jonas der Mörder ist! Und überhaupt, wie kommt es, dass du von allein erschienen bist. Bei meinem Gemahl liegt die Gerichtsbarkeit über Roerkempen. Trotzdem kommst du angeritten samt deiner Schreiberin und stelltst uns solche Fragen.«

»Lass gut sein, Mutter. Benedikt muss mich das fragen. Das weißt du so gut wie ich. Es gab einen Verletzten, außerdem ist das Scheunendach des alten Guntram hinüber. Frau Jenswien hält, im Gegensatz zu den meisten Weibern, den Mund und läuft nicht rum und erzählt dummes oder unwahres Zeug.

Ja, das ist mein Messer. Aber ich habe Helga nicht umgebracht, das müsst ihr mir glauben. Ich habe sie nicht umgebracht.«

»Zuerst einmal, Gräfin Mechthild: Der Sekretär des Erzbischofs hat mich namens seines Herrn losgeschickt. Eigentlich müsste ich zuerst nach Köln, wo der Hof gerade residiert, um mir den entsprechenden Befehl bestätigen zu lassen. Aber dabei verrinnt nur kostbare Zeit. Und solange ich mich um die Sache kümmere, braucht Ihr keine Angst zu haben, Gräfin Mechthild, dass Jonas voreilig festgenommen, gefoltert oder verleumdet wird.

Die Sache mit dem Messer hat nicht viel zu sagen. Helga war seine Kebse, der Mord geschah im eigenen Haus. Ein fremdes Messer wäre hier verdächtig, aber nicht das des Hausherrn.

Jetzt zu den wichtigen Fragen, Jonas. Hattest du Streit mit Helga? Wo warst du heute Morgen, als der Brand anfing? Du möchtest dich demnächst mit Fräulein Thea von Geldern verloben. Was sagte Helga zu der ganzen Angelegenheit? Das kann der

Frau doch nicht gleichgültig gewesen sein.«

Graf Jonas nahm noch einen Schluck aus dem Holzbecher. Die Wärme tat ihm gut. Langsam bekam er wieder etwas Farbe und konnte seinem Gegenüber ins Gesicht sehen.

»Nein«, so berichtete er, »es gab keinen Streit mit Helga. Die bevorstehende Heirat machte ihr zwar einigen Kummer, aber sie wusste um die politische Notwendigkeit dieser Verbindung. Thea von Geldern bringt nicht nur einen Haufen bares Geld mit in die Ehe. Nach dem Tode ihres Vaters fällt durch sie Geldern an Heinsberg - und damit an mich.

Helga sollte weiterhin auf dem Gut leben, Thea als Gemahlin in die neu zu erbauende Burg. Zwei Frauen, zwei Familien, so hatte ich mir das vorgestellt.«

Gräfin Mechthild schaltete sich ein.

»Benedikt, du musst wissen, dass in den Ehevertrag eine Klausel aufgenommen werden soll, wonach eventuelle Kinder von Jonas, die er mit einer anderen Frau zeugt, als Erben eingesetzt werden, falls die Ehe mit

Thea kinderlos bleibt. Es ist fraglich, ob das Mädchen überhaupt Kinder bekommen kann, so schmal und blässlich, wie es ist. Aber Erben müssen nun einmal sein. Also muss schon jetzt für den Fall des Falles eine entsprechende Regelung getroffen werden.«

Junker Benedikt konnte vom Kopfende des Tisches aus sämtliche Personen gut beobachten. Warum sprach die Gräfin unaufgefordert vom Ehevertrag nebst der ungewöhnlichen Klausel? Und was hatte der seltsame Blick zu bedeuten, den ihm Margot zuwarf? Er musste sich zwingen, dem weiteren Bericht der Gräfin aufmerksam zuzuhören.

»Heute Morgen waren wir alle in der Kirche. Um neun Uhr begann der Gottesdienst in der Abtei, um halb elf wurden wir von einem Boten aus der Messe geholt, weil das Haus brannte. Frag den Abt und den Rest von Heinsberg.«

Junker Benedikt konnte ein Lächeln nicht ganz unterdrücken. Die Frau verteidigte den jungen Mann wie eine Löwin ihr Kleines. Auch wenn der Kleine mittlerweile ein erwachsener Mann und Ritter war.

»Noch etwas. Ihr seid doch an der Worm entlang zum Gut geritten, nicht wahr. Hat jemand von euch irgendetwas bemerkt? Liefen Leute fort, statt beim Löschen zu helfen? Zerlumpte Gestalten, Bettler?«

Die Gräfin und ihr Sohn schüttelten die Köpfe. Man war geritten so schnell die Pferde liefen. Fremde wurden nicht gesehen. Seit die Räuberbanden die Gegend heimsuchten, wurde auf Fremde doppelt Obacht gegeben. Aber da war nichts.

Es gab auch keine weiteren Fragen mehr. Mit einem kleinen, heimlichen Wink bedeutete der Sendgraf der Edelfrau, ihn bis vor die Haustüre zu begleiten. Margot Jenswien, sprach noch ein paar aufmunternde Worte zu dem jungen Mann, packte ihre Wachstafeln zusammen und verließ ebenfalls die Schankstube.

»Benedikt, was ist los? Warum redest du nicht in der Schankstube?«

Gräfin Mechthild machte aus ihrem Ärger keinen Hehl. Die Beiden standen auf dem Hof vor Davids Schenke und warteten darauf, dass der Wirt mit den Pferden kam. Junker Benedikt senkte die Stimme, damit ihn David, der sich bestimmt in der Nähe herumtrieb, nicht verstehen konnte.

»Frau Gräfin«, von Luchtenberg versuchte so schonend wie möglich, ihr das Unangenehme beizubringen, »die Mordwaffe gehört Jonas. Er leugnet die Tat. Er hatte ein Motiv, dieses arme Geschöpf umzubringen. Verzeiht meine Offenheit. Helga stand der Verbindung zwischen Heinsberg und Geldern im Weg. Und zwar auch dann, wenn Ihr es anders darstellt.

Es ist niemand weit zu breit zu sehen, der ebenfalls einen Grund hatte, Helga zu töten. Eigentlich ist es meine Pflicht, Jonas gefesselt nach Heinsberg zu bringen, ihn im Sendgrafenhaus einzukerkern und zu verhören, obwohl die Gerichtsbarkeit Eurem Gemahl zusteht, Gräfin Mechthild. Es kamen Freibauern zu Schaden, nicht nur Leibeigene.« Der Sendgraf räusperte sich, sprach weiter. »Deswegen bitte ich Euch, edle Dame, nehmt Jonas mit nach Hause. Bekomme ich das Ehrenwort von Jonas und auch das

Eures Gemahls, dass er die Burg nicht verlässt, kann ich auf seine Verhaftung verzichten. Auch der alte Guntram und sein Sohn werden sich auf Euer Ehrenwort verlassen. Denkt an den Sekretär des Erzbischofs. Der Kuttenfurzer ist zwar selber zu dumm, einen Eierdieb zu fangen, hat aber seine Nase überall dort, wo sie nichts zu suchen hat. Ein Wort von Pater Claudius, und Jonas wird nach Köln gebracht, ohne dass ich dies verhindern kann. Bei Euch ist er sicher vor weiteren Verhören und der Folter - und ich kann mich voll auf den Mord konzentrieren.

Wolfram soll sich vorerst um alles Nötige bei der Stadtwache kümmern. Wenn er Hilfe braucht, weiß er mich zu finden. Ihr habt einen guten Namen zu verlieren, edle Frau. Vom Lehen will ich gar nicht reden.«

Die Edelfrau nickte. Graf Jonas würde die väterliche Burg vorerst nicht verlassen.

Gräfin Mechthild schaute dem Sendgrafen nach und der Schreiberin. Die Beiden bestiegen gerade ihre Pferde. Von Luchtenberg winkte Theo herbei, der die ganze Zeit über neben der Türe Wache gestanden hatte, gab dem Reiter den Befehl, sie zu begleiten. Die Falten, die sich auf Gräfin Mechthilds Stirn eingegraben hatten, glätteten sich ein wenig. »Wie kann ein Kerl mit so einem klugen Kopf nur ein solcher Trottel sein. Arme Margot.«

»Du hast mir eben ein Zeichen gegeben, Margot, als Frau Mechthild sprach. Ist dir etwas aufgefallen?«

Die Beiden ritten nebeneinander auf der Landstraße, Theo hielt sich einige Schritte zurück. Er wollte nicht den Eindruck erwecken, allzu lange Ohren zu haben.

»Fiel Euch nicht auf, Junker Benedikt, dass Gräfin Mechthild von alleine über Kinder sprach? Der junge Graf ist noch nicht einmal verheiratet, aber die edle Dame sorgt sich schon um ausbleibende Enkel. Da ist doch etwas faul.«

Der Sendgraf stimmte zu. Solche Sorgen würde er sich nach frühestens zehn Jahren kinderloser Ehe machen. Zudem gefiel ihm die Formulierung nicht, die Gräfin Mechthild benutzt hatte. Sie hatte über Kinder und

Nebenfrauen allgemein gesprochen, nicht über Helga. Wollte die Edelfrau eine andere Kandidatin ins Spiel bringen?

Jonas hätte ohne Weiteres eine Tochter aus einer wohlhabenden Kaufmannsfamilie nehmen und mit ihr eine Friedelehe schließen können. Neben der Gemahlin konnte ein Mann so viele Friedeln nehmen, wie ihm beliebte. All diese Frauen waren legitime Ehefrauen, wenn auch mit unterschiedlichen Rechten und Pflichten. Eine Friedel wäre zwar niemals standesgleich und damit Herrin in der Burg geworden, wie eine Gemahlin. Aber Kinder aus einer Friedelehe hatten den Stand des Vaters und volles Erbrecht - sogar ohne entsprechenden Ehevertrag mit der Familie der Gemahlin. Dachte Margot etwas Ähnliches?

»Und was soll da nicht stimmen, deiner Meinung nach? Woran denkst du?«

»Ich weiß es selber noch nicht so genau. Stört es Euch, Sendgraf, wenn ich über Nacht in Roerkempen bleibe? Ich kann bei meiner Tante schlafen. Am Sonntag ist immer Spinnstube. Die Tante ist dran, alle tref-

96

fen sich bei ihr. Vielleicht hat es doch Gerede gegeben im Dorf. Vielleicht weiß jemand etwas, der nur unter vier Augen sprechen will.«

Von Luchtenberg war einverstanden. Für den Rest des Tages brauchte er die Schreiberin ohnehin nicht mehr.

»Aber der Theo bleibt auch hier in Roerkempen. Ich will nicht, dass du morgen alleine nach Heinsberg reitest. Die Tasche mit den Wachstafeln kann ich mitnehmen, du brauchst sie heute ohnehin nicht mehr. Deine Tante lässt den Theo bestimmt in der Scheune schlafen. Es tut nicht Not, dass du auf dem Heimweg unter die Räuber fällst. Eine Leiche reicht mir.«

Das kleine, sperrangelweit geöffnete Fenster ließ außer Licht und Wärme auch den immer noch allgegenwärtigen Brandgeruch in die karge Wohnstube. Pater Dominik, Pfarrer von Roerkempen, hatte seinen Gast aufgefordert, Platz zu nehmen. Junker Benedikt ließ sich auf dem angebotenen Schemel nieder. Ein neues, besseres Möbel als das uralte Stück, auf dem er bei seinem letzten Besuch vor etwas mehr als einem Jahr gesessen hatte. Heute brauchte er keine Angst zu haben, in einem ungeschickten Augenblick die Einrichtung des Pfarrhauses zu zerlegen.

»Jonas und Helga haben mir etwas überzähligen Hausrat überlassen.«

Der Geistliche hatte offene Augen und kam gleich zur Sache; zum Plaudern hatte niemand Lust.

»Eine trostlose Geschichte, was soll man anders dazu sagen. Eine gottesfürchtige, fleißige Frau ist sie gewesen, die Helga. Kebse hin, Kebse her, diese Sünde trifft Graf Jonas alleine. Schließlich war sie leibeigen und musste gehorchen, sei es notgedrungen oder gerne. Junge Leute machen nun einmal Krach in der Schlafkammer, da fallen mir schlimmere Sachen ein. Im Haus und auf den Feldern war immer alles vorbildlich. Zusammen mit Thamar hat sie sich um die Kranken und Armen gekümmert, besser als manche Hochwohlgeborene.

Habt Ihr sie gekannt, Sendgraf?«

»Ich war nur ein paar Male im Gutshaus, Pater Dominik. Im letzten halben Jahr hielt ich mich viel in der Gegend von Wassenberg und Geldern auf. Die Räuberbanden dort machen die Straßen so unsicher, dass sich die Bauern kaum noch aus ihren Dörfern wagen. In den Städten werden die Lebensmittel teuer und die Bauern selber verdienen kein bares Geld mehr. Mit meinem Dutzend Reitern kann ich auch nicht überall gleichzeitig sein. Mehr als einmal kam ich einfach zu spät. Und jetzt habe ich auch noch den furchtbaren Mord aufzuklären.«

Der Pfarrer setzte feines Weizenbrot vor, zum Trinken gab es verdünnten Met. Junker Benedikt merkte erst jetzt, dass er seit dem Morgen nichts mehr gegessen hatte. Mit großem Appetit langte er zu.

»Ich habe da ein paar Fragen, Pater Dominik, die mir auch nicht gefallen. Aber stellen muss ich sie trotzdem.«

»Dann fangt gleich an, Sendgraf.«

»Hatten Helga und Graf Jonas Streit in letzter Zeit?«

Der Geistliche schüttelte den Kopf. Davon hatte er nichts mitbekommen. Wie Helga zu der bevorstehenden Heirat mit Fräulein Thea stand? Darüber hatte sie nicht mit ihm – und seines Wissens auch mit keinem anderen Menschen – geredet. Sie wusste, wo ihr Platz im Leben war, hielt dem jungen Mann die Treue und war verschwiegen. Bekümmert? Wenn ja, dann heimlich.

»Hatte die Frau Feinde hier im Dorf? Vielleicht neidische Frauenzimmer, die ihr das bessere Leben nicht gönnten? Regte sich jemand über die Kebsverbindung der Beiden auf?«

Von Feindschaften wusste der Geistliche nichts zu berichten. Gewiss, die Weiber hatten sich eifrig die Mäuler zerrissen, als der junge Mann ins Gutshaus zog und aus der Obermagd Helga die Kebse Helga wurde. Die Beiden lebten offen und ehrlich miteinander, sodass es allen bald viel zu langweilig wurde, über das ungleiche Paar zu reden. Neidhammeleien anderer junger Dinger? Nichts mitbekommen. Die jungen Frauen in Roerkempen nahmen es mit der Ehrlichkeit und Vollständigkeit ihrer Beichten leider nicht so genau wie es wünschenswert wäre.

Die einzige Person, die sich ernsthaft über die Kebsverbindung aufgeregt hatte, war er selber. Mit Graf Jonas hatte er mehrere Male über die Sündhaftigkeit gesprochen, in welcher der junge Mann lebte. Da eine Eheschließung nach den Riten der Kirche für die Beiden nicht in Frage kam, sollte sich der junge Graf von Helga trennen und standesgemäß heiraten.

»Dies klingt alles zwiespältig, Pater Dominik. Zum einen werft Ihr dem jungen Grafen Liederlichkeit vor, auf der anderen Seite schildert Ihr die Tote als vorbildliche Frau. Wie soll ich das verstehen?«

»So wie es ist, Sendgraf. Helga war eine herzensgute Frau, der man nur das Beste gönnen konnte. Die Sünde der Lasterhaftigkeit traf nur den Mann. Er hat seine Leibeigene zur Kebse gemacht, statt die Finger von ihr zu lassen. Da muss man als Geistlicher unterscheiden können, Junker Benedikt. Das tue ich.«

»Noch ein paar Fragen, Pater: Habt Ihr heute Morgen irgendetwas bemerkt, was nicht seine Ordnung hatte? Trieb sich jemand beim Gutshaus herum? Waren Fremde im Ort? Hat man in den Wäldern um Roerkempen Unbekannte angetroffen? Ich meine da landfahrendes Volk, zwielichtige Gestalten? Man muss auch daran denken, dass die Räuberbande, die bis jetzt in Wassenberg und Geldern ihr Unwesen getrieben hat, nun in der Heinsberger Gegend aufgetaucht ist. Habt Ihr davon etwas gehört?«

Der Pater schüttelte wiederum den Kopf. Nein, da konnte er nicht helfen. Die Sonntagsmesse begann wie üblich um neun Uhr. Die Predigt war kürzer als sonst, da ihm nicht viel eingefallen war. Der Gottesdienst endete deshalb bereits um zehn Uhr. Beim Verlassen der Kirche schlugen die Flammen schon aus dem Dach.

Vor etwa zwei Wochen hatte ein altes Weib, es war Klaubholz sammeln gewesen, von mehreren Fremden gesprochen, die sich im Waldstück hinter dem Gut rumdrückten. Schmutzig und abgerissen waren die Männer. Aber mehr konnte die Alte, kurzsichtig, wie sie war, nicht berichten.

An den Geistlichen hatte von Luchtenberg keine Fragen mehr, wohl aber an die Tochter des jüdischen Apothekers.

»Sucht Ihr meinen Vater, Junker Benedikt?«

Der Angesprochene hörte zwar eine helle Mädchenstimme hinter der mannshohen Hecke, konnte die Besitzerin jedoch nicht erkennen.

»Thamar, bist du das? Nein, ich suche nicht Ephraim, ich wollte mit dir sprechen.«

Der Sendgraf hatte mit wenigen Schritten die Holzbank erreicht, die links neben dem Gartentor stand, und sich einfach hingesetzt. Thamar, die Tochter des jüdischen Apothekers Ephraim aus Heinsberg, setzte sich auf einen Findling, der auf der rechten Seite des Tores zum Platznehmen einlud.

»Du kannst dir denken, worüber ich mit dir sprechen will, Thamar?«

Das Mädchen nickte traurig.

»Ich hörte im Dorf, dass du mit Helga befreundet warst. Ihr habt zusammen die Kranken gepflegt und euch um die Armen und Bedürftigen hier im Dorf gekümmert.«

Thamar kämpfte mit den Tränen. »Sie war so ein guter Mensch, nie ein böses Wort von ihr, egal zu wem. Sie hat sich beim jungen Grafen dafür eingesetzt, dass Vater hier im Garten einen Schuppen bauen darf für seine Vorräte und Gerätschaften. Ihr wisst ja, Sendgraf, wie wenig Platz in Heinsberg ist. Sogar ein gebrauchtes Schloss, richtiges Schmiedeeisen, hat Helga meinem Vater besorgt, damit niemand einbrechen und stehlen kann.«

Das Mädchen beruhigte sich ein wenig, trocknete die Tränen und erzählte weiter, was ihr schwerfiel.

»Sie war dem jungen Grafen nicht einmal böse wegen der Heirat mit Fräulein Thea. ›Er braucht eine standesgemäße Gemahlin, eine Frau, die Herrin auf der neuen Burg wird. Mit mir geht das nicht. Mein Platz ist hier auf dem Gut‹, so hat sie zu mir gesagt. Solange er sie aufrichtig liebt, sei für sie alles in Ordnung. Ich glaube, Helga hat ihm nicht einmal von dem Kind erzählt, das unterwegs war.«

Der Sendgraf staunte. Jonas hatte nie etwas Derartiges verlauten lassen: »Ein Kind? Da bist du dir sicher?«

Thamar nickte. Die Miene der jungen Frau nahm einen bitteren Zug an, so als trauere sie um das tote Kind so sehr wie um die Freundin.

»Bitte glaubt mir, Sendgraf, Helga war schwanger. Ich bin doch nicht blind. Sie hat ihr Mieder nicht mehr fest geschnürt, trank keinen Met mehr und nur noch ganz wenig Dünnbier. Helgas Haut war viel rosiger, und vor einer Woche traf ich sie in Heinsberg beim Leinenweber Gandolf. Sie holte Stoff ab, wie ihn Frauen kaufen, wenn sie Kinderwäsche nähen. Wir gingen gemeinsam zurück nach Roerkempen. Dort, in der Wohnstube des Gutshauses, sah ich zugeschnittene Teile für ein Kleid, ein weites Kleid.«

»Bat Helga dich, über das Kind zu schweigen? Machte sie ein Geheimnis aus ihrer Schwangerschaft? Leugnete sie vielleicht ihren Zustand?«

»Nein, Helga sprach einfach nicht über

die Sache. Ich war ihre Freundin, Junker Benedikt, da verbreitet man keinen Tratsch. Es war ihre Sache, über das Kind zu sprechen, nicht die meine, sie auszufragen.«

»Und Graf Jonas? Hast du da etwas mitbekommen? Er muss doch was bemerkt haben. Die Beiden lebten ja wie Mann und Frau. Da merkt man doch, wenn ein Kind kommt.«

Thamar lachte. »Graf Jonas ist ein großer Junge, kein Mann. Ich weiß, mir stehen solche Reden nicht zu. «

Von Luchtenberg musste auch lachen. »Nein, anders ist es deswegen wirklich nicht. – Eines noch: Sprich nicht über das, was du mir gerade gesagt hast, zu niemandem, auch nicht zu Graf Jonas. Der arme Kerl leidet auch so genug, er muss nicht auch noch um ein totes Kind weinen.

Hier in Roerkempen läuft ein Mörder frei herum, von dem keiner weiß, was ihm noch alles zuzutrauen ist. Sei vorsichtig und gib gut auf dich selber Obacht. Das ist das Einzige, was du für die arme Helga noch tun kannst.«

Edle Damen und ein einfacher Stadtknecht

Die Dienstmagd führte den Besucher die Treppe hinauf ins obere Stockwerk des Hauses. Am oberen Treppenabsatz trat ihm der Hausherr entgegen. Rüdiger van den Worm, Sprecher der Heinsberger Kaufmannsgilde, begrüßte den Gast. Seine verdrossenen Augen straften indes seine Worte lügen. Der Junker ignorierte es.

»Schön, dass Ihr die Zeit habt, den Grafen und Frau Ermingard persönlich aufzusuchen. Ihr könnt Euch ja denken, wie unangenehm die ganze Angelegenheit für die Familie ist. Da will man nicht auch noch zum Sendgrafen vorgeladen werden.«

Seine Ehefrau und Gräfin Ermingard waren Basen. Aus diesem Grunde wohnte das gräfliche Paar bei ihm, statt Quartier in der Burg oder der Abtei zu nehmen. Die Interessen Gelderns waren auch die seiner eigenen Familie. Dass der Sendgraf persönlich sich um die Aufklärung des Mordes kümmerte, gefiel ihm überhaupt nicht.

Von Luchtenberg reichte dem Hausherrn die Hand.

»Ist Fräulein Thea auch im Hause? Ich muss alle Drei sprechen, alleine. Ihr versteht das doch.«

»Nein, Sendgraf«, schüttelte er den Kopf, »das gnädige Fräulein wohnt gar nicht hier. Fräulein Thea wohnt im Kloster, besucht dort ihre Base, Schwester Magdalena. Aber der Herr Graf und seine Gemahlin erwarten Euch.«

Ein kurzes Klopfen an der Zimmertüre, ein herrisches Herein. Rüdiger van den Worm öffnete die Tür für den Sendgrafen und zog sich zurück.

Graf Bertold von Geldern und seine Gemahlin Ermingard saßen auf hohen Lehnstühlen vor dem Kamin. Ein langer Tisch und weitere Stühle boten Platz für eine Reihe von Besuchern.

»Setzt Euch zu uns, Junker Benedikt, und fangt an mit der Fragerei. Auf Anstandsbesuch seid Ihr ja nicht gekommen.«

Der Sendgraf wusste nicht, wie er sein Gegenüber einschätzen sollte. Einerseits

missfiel ihm die nassforsche Art des Land-
adeligen, auf der anderen Seite machte Graf
Bertold keine großen Umstände; er war zu
stolz für Höflichkeiten, zu stolz für Flunke-
reien. Von ihm würde er sich darum auch
keine Lügen anhören müssen.

Frau Ermingard hatte bis jetzt noch kein
Wort gesprochen, reichte ihm beim Näher-
treten lächelnd ihre Rechte zum Handkuss.
Der Etikette wurde Genüge getan.

»Es ist mir lieb, wenn ich sogleich zur
Sache kommen kann. Gestern Vormittag
brannte in Roerkempen das Haus Eures
künftigen Schwiegersohnes nieder. Wie Ihr
wisst, kamen auch andere Personen an Leib
und Eigentum zu Schaden. In den Trümmern fand man die Leiche von Helga, der
Kebse von Graf Jonas. Das arme Geschöpf
kam nicht etwa bei dem Brand ums Leben,
die Frau wurde erstochen. Das Messer
steckte noch in der Brust.«

Von Luchtenberg beobachtete das Paar.
Die Frau zeigte nach außen das ihr anerzo-
gene, höfliche Interesse. Ihre wirklichen
Gedanken versteckte sie hinter einem Lä-

cheln, welches von Ablehnung über Sensationsgier bis hin zur Schadenfreude alles bedeuten konnte. Der Mann zog ein verächtliches Gesicht, als der Name der Toten erwähnt wurde. Die Kebse war ihm offensichtlich unwichtiger als das niedergebrannte Haus.

»Ich gehe davon aus, dass Ihr, Graf Bertold, und auch Ihr, Gräfin Ermingard, Bescheid wusstet über die Rolle, welche die junge Frau im Leben von Graf Jonas spielte.«

Die Beiden nickten.

»Gerade heraus gesagt, Sendgraf, ich bin erleichtert, dass die Frau tot ist.« Graf Bertold stand auf, lief im Zimmer umher, machte so seinem Ärger Luft. »Diese Helga war die Hure unseres künftigen Schwiegersohnes. Jonas wollte nicht von ihr ablassen. Meinetwegen. Eine Kebse ist immer noch besser als tausend Schlampen. Aber ihretwegen sollte eine besondere Klausel in den Ehevertrag aufgenommen werden. Kinder anderer Weiber als Erben, falls unsere Thea keine zur Welt bringt. Das stelle sich mal einer vor! Geldern später einmal an irgendwelche Heinsberger Bastarde! Jetzt, wo sie tot ist, wird hoffentlich Ruhe in die Verhandlungen kommen. Keine Kebse, keine Klausel. In Geldern gibt es genug Neffen, die notfalls als Erben in Frage kommen.

Denkt von mir, was Ihr wollt, Sendgraf, aber der Tod dieser Frau löst für uns eine Menge Probleme. Und falls Ihr jetzt wieder damit anfangen wollt: Als es brannte, waren wir in der Kirche. Ihr wisst, wer alles uns gesehen hat.«

»Aber Bertold, was soll denn Junker Benedikt von uns denken!« Gräfin Ermingard war ehrlich erschrocken über die Worte ihres Gatten. »Du hörst dich ja an, als hättest du dem armen Geschöpf selber das Messer in die Brust gestoßen. Sicher, die Sache mit dieser Kebse war ein Problem für uns, allerdings nur ein kleines. Erst einmal mit unserer Tochter verheiratet, wäre Jonas schnell zur Vernunft gekommen; er ist ja kein Dummkopf. Für die Frau hätte man einen passenden jungen Mann gesucht zum Heiraten. Es laufen genug Handwerksburschen herum, die sich gerne mit eigener Werkstatt niederlassen würden, wenn sie nur genug Geld hätten. Ein Beutelchen Gold als Mitgift - und alles wäre zu einem guten Ende gekommen. Wozu unter solchen Umständen einen Mörder bezahlen!

Glaubt mir, Sendgraf, niemand von uns hat dieser armen Frau ein Leid zugefügt. Kümmert Euch lieber um die Räuberbanden, die das ganze Land in Angst und Schrecken versetzen. Dort findet Ihr den Mörder mit Sicherheit. Das Haus liegt ja direkt am Waldrand, wo sich auch die Räuber versteckt halten sollen. Wer weiß, vielleicht hat die arme Frau ja etwas gesehen oder gehört. Solche Galgenvögel morden und brennen doch für ein Nichts.«

Junker Benedikt hatte wegen des Mordbrands keine Fragen mehr. Etwas anderes war noch zu erledigen, das ihm ebenso am Herzen lag.

»Graf Bertold, Ihr habt sicher gehört, dass ich Euren Gastgeber und weitere Leute zu mir eingeladen habe, um über die Räuberbanden zu sprechen, die zuerst in Geldern und seit einigen Wochen auch hier in Heinsberg ihr Unwesen treiben. Es ist an der Zeit, Herr über die Plage zu werden. Mir ist da eine Idee gekommen, wie die Räuber vielleicht gefasst werden können. Es wäre mir eine Ehre, wenn Ihr auch zu der Besprechung kommen könntet. Ihr seid ein erfahrener Kämpfer, Eure Unterstützung wäre uns willkommen.«

»Diese Einladung schlage ich nicht aus, Sendgraf. Gegen solcherart Lumpen müssen ehrliche Männer zusammenhalten. Erwartet mich am Dienstagabend.«

Es war alles gesagt, von Luchtenberg verabschiedete sich vom Grafenpaar und verließ das Haus.

Die dunkle Tür aus Eichenbohlen fiel mit einem traurig wirkenden Knarren zu. Die Scharniere mussten wieder einmal geschmiert werden. Benedikt von Luchtenberg lächelte versonnen. Nichts hatte sich verändert seit damals, als er noch Hauptmann der Stadtwache war. Damals? Dieses Damals war kaum drei Jahre her. Die Stube für die

Wachleute rechts, dahinter die Stallungen mit dem zweiten Ausgang zur Seitengasse, links die Küche, anschließend daran seine frühere Amtsstube. In den oberen Räumen schliefen die Männer der Freiwache.

Die Küchentüre öffnete sich, ein noch junger Mann mit blassem Gesicht und weizenblonden Strubbelhaaren schaute neugierig um die Ecke. Seine Miene erhellte sich, als er den Besucher erkannte.

»Sendgraf, wie schön Euch zu sehen. Es muss Wochen her sein, dass Ihr bei uns wart. Kommt rein in die Küche. Ich hoffe, Ihr habt Hunger mitgebracht, sonst muss ich gleich alleine essen.«

»Wolfram, hellhörig wie ein altes Weib. Wer dich im Haus hat, der braucht keine alte Großmutter hinterm Fensterladen. Klar habe ich Hunger mitgebracht.«

Der Topf stand auf dem mächtigen Dreibein, drunter prasselte ein leichtes Feuer. Der Kamin zog gut, sodass kein Rauch die Luft im Zimmer verpestete. Der Duft von klein geschnittenem Schweinefleisch in Tunke erinnerte die beiden Männer daran, dass Mittagszeit war. Ohne viel Umschweife nahmen Benedikt und Wolfram je einen der Holzteller vom Bord, griffen zu den Löffeln, die säuberlich an ihren Nägeln unterhalb der Teller hingen. Wolfram als Gastgeber füllte die Teller, Brot stand bereits im Korb auf dem Tisch.

»Ach Wolfram«, von Luchtenberg tat sich schwer, einen Anfang zu finden, »was gäbe ich heute darum, nur der Hunger hätte mich hierher getrieben. Du kannst dir denken, worum es geht.«

Die Miene des Unterführers verdunkelte sich. Wolfram war der nachgeborene Sohn eines reichen Freibauern aus Kirchhoven und kannte sich entsprechend gut im Nachbardorf Roerkempen aus. Mit Guntrams Sohn, der beim Löschen verletzt wurde, verband ihn eine Kinderfreundschaft, die auch noch fortbestand, als er in Heinsberg einen Posten bei der Stadtwache annahm.

»Ich glaube nicht, dass ich Euch viel helfen kann, Sendgraf. Als das Haus brannte, war ich in Kirchhoven bei meinen Leuten, musste ja erst zum Angelusläuten meinen

Nachtdienst antreten. Von der schlimmen Sache haben wir alle erst erfahren, als einer von den Gutsknechten angelaufen kam und die Leichenfrau suchte.«

»Darum geht es nicht, Wolfram. Ich bin gekommen, um mit dir über Graf Jonas zu sprechen. Ich weiß, ihr kommt gut miteinander aus und seid praktisch den ganzen Tag zusammen. Da kennt man einen Menschen. Ich möchte von dir wissen, wie Graf Jonas zu Helga stand. Kurz: Hat er sie aufrichtig geliebt? Fing sie an, ihm lästig zu werden? Eine andere Frau?«

»Sendgraf, ich bitte Euch! Das sind keine schönen Fragen. Ihr kennt doch den jungen Grafen! Er hat Helga aufrichtig geliebt, das könnt Ihr mir glauben. Er hat sie geliebt, wie ein Mann eine Frau nur lieben kann. Schaut Euch doch das Häufchen Elend an! Hockt seit dem Mordbrand in seiner Kammer in der Burg, isst nicht, schläft nicht. Wenn ich zu ihm komme, um mir die Befehle für den kommenden Tag zu holen, kriegt er kaum mit, dass ich da bin. Die Frau Gräfin hat schon den Apotheker kommen lassen und den Priester, vergebens, wie man sich denken kann. Junker Benedikt, der arme Graf Jonas hätte sich eher selber etwas angetan als seiner Helga.«

Die Teller vor den beiden Männern hatten sich geleert. Wolfram stand auf, holte Nachschlag und vergaß auch nicht, für jeden einen Humpen Dünnbier zum Nachspülen mitzubringen.

»Etwas anderes, Wolfram: Du hast doch die Grafenfamilie aus Geldern gesehen. Ist dir bei denen etwas aufgefallen? Hat jemand von der Familie einmal abends oder am späten Nachmittag die Stadt verlassen und kam verspätet oder gar nicht zurück? Hat jemand von der Dienerschaft etwas gesagt oder getan, was dir oder deinen Kameraden aufgefallen ist? Treiben sich die Knechte und Zofen nach Sonnenuntergang noch auf den Straßen herum?«

Nein, Wolfram war nichts aufgefallen. »Der Graf von Geldern nebst Gemahlin halten sich entweder im Haus ihres Verwandten auf. Alles findet zu den üblichen Zeiten statt. Die Dienerschaft treibt sich nicht in den Gasthäusern herum, sondern frisst Herrn Rüdiger Küche und Keller leer. Aber das trifft ja keinen Armen.«

»Was ist mit Fräulein Thea? Die wohnt ja im Kloster bei ihrer Base. Was ist mit dem Mädchen?«

»Das Fräulein sieht man kaum, Sendgraf. Es verlässt nur zum Ausreiten das Kloster. Dann ist immer die Zofe dabei, so eine Große, Üppige mit rabenschwarzen Augen. Sie heißt Jule.«

»Und du hättest bemerkt, wenn Jule und ihre Herrin zu seltsamen Zeiten gekommen oder gegangen wären - nicht wahr, Wolfram?«

»Ganz bestimmt, Sendgraf. - Noch ein Bier zum Nachspülen?«

Junker Benedikt grinste seinem Gegenüber ins Gesicht.

Das Fräulein und die Leichenfrau

Benedikt stand von seinem Schreibtisch auf, marschierte mit langen Schritten hin und her. Fenster sperrangelweit auf, Fenster wieder zu. Dora wusste nicht, was sie von dem seltsamen Verhalten des Sendgrafen halten sollte. Margot Jenswien, die auf ihrem Stammplatz an der Kopfseite des Tisches saß und die Angaben der Leichenfrau sorgfältig auf Wachstafeln festhielt, nahm die ungewöhnlichen Wanderungen ihres Dienstherrn kaum noch wahr.

»Dora«, fasste der Sendgraf die Vorgeschichte zusammen, »man hat dich nach dem Brand geholt, damit du die Tote für die Beerdigung fertig machst. Das Messer hatte schon jemand herausgenommen.«

Dora bestätigte mit einem kurzen Kopfnicken.

»Während du die Tote gewaschen hast, fiel dir auf, dass die Wunde in der Brust nicht mehr nachblutete. Helgas Haut war schon kalt und alle Glieder so steif, als wäre die arme Frau schon seit Stunden tot. Stimmt das so?«

»Es ist alles so, wie Ihr das sagt, Sendgraf. Ich glaube, die arme Helga ist schon am Vorabend gestorben. So fühlt sich niemand an, den man vor wenigen Minuten getötet hat. Aber da war ja der Brand um zehn Uhr. Es kann doch aber auch nicht sein, dass jemand am Abend Helga umbringt und anderen Morgens zurück kommt, um das Haus anzuzünden. Das ist doch auch nicht richtig. Oder, Sendgraf? Ich wusste gar nicht, was ich tun sollte. Frau Margot riet mir, Euch Nachricht zu geben.«

Von Luchtenberg musste der Leichenfrau Recht geben. Der Fall war mehr als verzwickt. Dora hatte einen hellen Kopf, viel Erfahrung im Umgang mit Toten und keinerlei Grund zum Lügen. Wenn sie sagte, dass die Leiche schon steif und starr war, als man sie aus dem verbrannten Haus trug, dann war die Kebse wirklich schon Stunden zuvor gestorben. Sollte der Brand den Mord vertuschen? Aber warum war dann das Feuer erst am anderen Morgen gelegt worden?

»Noch etwas, Dora.« Von Luchtenberg versuchte, sich nichts anmerken zu lassen. »War Helga schwanger? Ist dir da etwas aufgefallen bei der Toten? Sprach man in Roerkempen oder Kirchhoven davon, dass die

120

junge Frau vielleicht guter Hoffnung war?«

Dora riss vor Staunen die Augen weit auf. Konnte der Junker hellsehen? Ja, die Kebse zeigte alle Anzeichen einer Schwangerschaft: geschwollene Brüste, eine rosige Haut, einen leichten Bauchansatz. Gerede über das Kind hatte es jedoch keines gegeben. Nichts wäre schneller durchs Dorf gegangen!

»Dora, gibt gut Obacht! Über all das darfst du mit keiner Menschenseele sprechen. Niemand darf wissen, was du mir gerade erzählt hast. Nicht einmal der unglückliche Graf Jonas! Sprich nicht über die Schwangerschaft, sprich nicht darüber, dass Helga schon am Samstagabend umgebracht wurde. Der Mörder soll ruhig glauben, dass ich immer noch davon ausgehe, dass der Mord am Sonntagmorgen geschah.

Wo du gerade hier bist, Dora: Wenn du nochmals bei deiner Arbeit merkwürdige Beobachtungen machst, dann wende dich ruhig an mich oder an einen meiner Leute. Wir kümmern uns dann darum. Wenn du möchtest, halten wir dich ganz aus einer solchen Sache heraus, damit du nicht in Verlegenheit kommst. Du siehst ja selbst, wie wichtig es manchmal ist, dass sich Zeugen von alleine melden.«

Die Leichenfrau versprach hoch und heilig, mit niemandem über ihre Entdeckung zu sprechen.

Nachdem sie gegangen war, wandte sich Benedikt an seine Schreiberin.

»Sonst noch etwas aus Roerkempen? Jemand durchs Dorf geschlichen, neugierige Fremde, Diebstähle, irgendetwas Besonderes?«

»Nein, in Roerkempen war nichts los. Von meiner Tante weiß ich nur, dass vor gut einem Monat die Heinsberger und Gelderner Grafenfamilien einen Jagdausflug veranstalteten und dabei durch Roerkempen kamen. Sie machten dort Mittagsrast. Da haben natürlich alle hinter den Fensterläden gelauert, um sich die künftige Herrin einmal näher anzugucken.«

Benedikt war ein wenig enttäuscht. Auch, weil Margot ihn immer noch Sendgraf nannte, statt beim Vornamen. Wenn er doch selber nur nicht so ein erbärmlicher ...

»Margot, du solltest die Wachstafeln gut einschließen. Hier auf dem Tisch liegen sie offen für jedermann, der gerade zu Besuch kommt. Ich will nicht, dass irgendeine neugierige Nase die Dinger findet, offen oder gar heimlich liest. Der Fall ist vom Sekretär des Kanzlers hoch aufgehängt worden. Es dürfen keine Fehler gemacht werden. Und ich will nicht, dass jemand zu Schaden kommt, nur weil er zu viel weiß. Verstehst du mich, Margot?«

Schwester Gundula, Pförtnerin im Frauenkloster zu Heinsberg, führte die Besucher zum Sprechzimmer der Oberin. Von der Sommerhitze, die schon zu früher Stunde über der Stadt lag, war hier nichts zu spüren. Kühl und schattig spendeten die langen Flure eine angenehme Frische. Mutter Walburga öffnete die Türe persönlich, bat von Luchtenberg und Margot Jenswien einzutreten und Platz zu nehmen.

Der Sendgraf war heute zum ersten Male in dem neu errichteten Klostergebäude, schaute sich deshalb unbekümmert um. Schwere Fensterläden, die Rahmen bespannt mit Schweinsblasen, die Möbel aus Eiche gezimmert, alles war mit Schnitzereien verziert. Eine überlebensgroße Madonnenstatue stand in einer der Nischen. Ein Leuchter aus schwerem Silber nebst einer hübsch verzierten Stundenkerze erzählten vom Reichtum des Klosters.

»Mutter Oberin, Ihr wisst sicher, warum ich gekommen bin«, begann der Junker die Unterhaltung.

Die Nonne schüttelte mit dem Kopf. Wusste sie wirklich nicht, warum er kam? Wollte sie ihn aus der Reserve locken oder einfach nur selber den Fortgang des Gesprächs bestimmen?

»Ich bin gekommen, um mit Fräulein Thea von Geldern über den schrecklichen Mord zu sprechen, der in Roerkempen passiert ist. Wie man mir sagte, besucht das Fräulein hier Schwester Magdalena, eine Base. Ihr habt doch von der Sache gehört, nicht wahr?«

»Sendgraf, gewiss haben wir hier im Klo-

124

ster von dem Verbrechen gehört, das Ihr aufzuklären habt. Wir leben zwar hinter Klostermauern, aber nicht außerhalb der Welt. Und mir ist auch die Rolle bekannt, welche die arme Frau gespielt hat, die im Haus von Graf Jonas erstochen wurde.«

»Kanntet Ihr die Tote persönlich, Mutter Oberin?«

Die Ordensfrau schüttelte den Kopf. Verärgert, wie es dem Junker schien. Warum eigentlich? Was hatten die Kebse und die Klosterfrau miteinander zu schaffen gehabt?

»Nein, Sendgraf«, Mutter Walburga riss von Luchtenberg aus seinen Gedanken, »ich habe die Unglückselige nie zu Gesicht bekommen. Ich komme praktisch nie nach Roerkempen, und auf das Gut von Graf Jonas erst recht nicht. Woher sollte ich die arme Frau kennen? Und überhaupt, warum befragt Ihr mich in dieser Sache? Weder ich noch meine Mitschwestern haben mit dieser Geschichte das Geringste zu tun. Wir sind Ordensfrauen, mit Morden haben wir nichts zu schaffen. Sucht den Brandstifter unter den Räubern, die die Straßen und Wege unsicher machen, aber nicht in diesem Hause.«

Der Junker machte aus seiner Verärgerung keinen Hehl. »Mutter Walburga, Ihr müsst es schon mir überlassen, wie ich meine Pflichten erfülle. Ich rede Euch ja auch nicht in Eure Arbeiten hinein. Mord und Brandstiftung sind keine kleinen Lässlichkeiten. Ihr könnt es zwar ablehnen, Euch von einem weltlichen Sendgrafen vernehmen zu lassen, aber ich brauche nur Abt Jakobus als den kirchlichen Sendgrafen des Bezirks zu bitten, Euch vorzuladen und zu verhören.«

Anstelle einer Antwort schaute sie ihn hochmütig an. Von Luchtenberg tat so, als habe er das nicht mitbekommen und fragte einfach weiter.

»Wurde hier im Kloster über Helga gesprochen, ich meine nicht erst seit dem Brand? Ich möchte auch wissen, ob schon vor Wochen über die Hochzeit von Graf Jonas mit Fräulein Thea gesprochen wurde. Sollte versucht werden, Helga und das noch ungeborene Kind im Kloster unterzubringen? Wäre doch nicht der erste Fall! Denkt genau nach Mutter Walburga! Denkt auch

an das Kirchengericht und ans eigene See-
lenheil. Ihr helft unter Umständen einem
Mörder und Brandstifter.«

Die Ordensfrau war kreidebleich geworden. Mit ihrer Antwort ließ sie sich auffal-
lend viel Zeit, so als müsse sie jede Silbe
sorgfältig abwägen.

»Junker Benedikt, was in einem Kloster
gesprochen wird, unterliegt zwar nicht dem
Beichtgeheimnis. Aber Ihr könnt nicht von
mir verlangen, dass ich über all das, was mir
anvertraut wird, tratsche wie ein Marktweib.
Ich kann und will Euch keine Namen nen-
nen. - Eine Anhörung vor einem kirchlichen
Gericht würde erst in einigen Tagen statt-
finden, wie Ihr wisst. Für Euch ist das sicher
zu spät.«

Der Sendgraf unterdrückte ein Seufzen.
Er musste die Sache anders angehen. »Nun
Mutter Walburga, dann sprecht doch einfach
allgemein.«

Die Ordensfrau lachte verschmitzt. »Vor
einiger Zeit wurde ich von einer Edelfrau
besucht, die mir ihr Leid klagte. Ein verlieb-
tes Mädchen hatte sich zu einer Dummheit

hinreißen lassen und musste die Folgen tragen. Die Dame bat mich darum, für das Mädchen ein geeignetes Kloster zu finden, wo das Kind unbemerkt zur Welt kommen kann. Auch ging es darum, einen passenden Ort zu finden, das Kleine großzuziehen. Die Mutter sollte nach der Geburt gleich dort bleiben, da eine Rückkehr in die Familie nicht möglich war. Mehr fragt mich nicht, Sendgraf. Mehr kann und will ich Euch nicht sagen.«

Das war auch nicht nötig, Benedikt von Luchtenberg war zufrieden mit den erteilten Auskünften. »Mutter Oberin, wenn es genehm ist, würde ich jetzt gerne mit Fräulein Thea sprechen, und zwar alleine. Ihr versteht das doch.«

Die Oberin nickte, erhob sich von ihrem Lehnstuhl und verließ den Raum, um das Notwendige zu veranlassen.

Thea von Geldern setzte sich auf den Lehnstuhl gegenüber dem Platz von Margot Jenswien. Dem Sendgrafen war das lieb. So konnte er das Edelfräulein bequem von der Seite beobachten, seine Schreiberin von vorne. Eine Methode, die sich bewährt hatte.

»Fräulein Thea«, von Luchtenberg bemühte sich, seiner Stimme einen möglichst unverfänglichen, freundlichen Klang zu geben, »ich bin gekommen, mit Euch über den Tod von Helga zu reden. Ihr wisst, wen ich meine?«

Das Mädchen schaute ihn halb belustigt und halb verärgert an. Machte ihr das Verhör Spaß? Fühlte sie sich ihm ihres hohen Standes wegen überlegen? Oder ärgerte sie sich einfach nur, weil er sie mehr wie ein Kind als wie eine Dame behandelte.

»Kanntet Ihr die Kebse eigentlich persönlich? Man erzählte mir, dass Ihr einmal zur Jagd in Roerkempen wart. Seid Ihr der Toten damals begegnet?«

»Nein Sendgraf, während der Jagd vor einem Monat habe ich nicht mit ihr gesprochen, dazu gab es keine Gelegenheit seinerzeit. Ich wollte sie aber unbedingt kennen lernen. Also bin ich am letzten Mittwoch hinaus nach Roerkempen geritten, um mir die Frau einmal anzuschauen. Es gibt nicht viel zu berichten. Als Gastgeschenk gab es einen Tontopf mit Tee und einen Strauß Sommerblumen. Sie hatte frisches Honigbrot im Haus, dazu servierte sie Obstmus. Eine gute Hausfrau, da ist nichts zu sagen.

Wir haben uns ausgesprochen, Sendgraf. Sie liebte ihn - und Jonas wollte sich nicht von ihr trennen. Aber sie wusste ganz genau, wer ich bin, wer sie selber war. Ich mag Euch altklug vorkommen, Sendgraf, aber eine solche Rivalin schien mir das kleinere Übel. Die arme Zilli Broichhuusen hatte ja das zweifelhafte Vergnügen, alle naslang den Gatten aus dem zu Gefängnis holen und für ihn die Strafe zahlen zu müssen.«

Von Luchtenberg und Margot Jenswien mussten lauthals lachen. Dies schickte sich zwar nicht, aber dass man von Martin Broichhuusens zahllosen Bordellbesuchen noch immer redete, amüsierte sie trotz des traurigen Endes der ganzen Familie.

»Davon abgesehen, Sendgraf. Eine Gemahlin hat das Recht, um die alleinige Liebe ihres Gatten zu kämpfen. Denkt nur an Sara, Abraham und Hagar. Hagar musste gehen, als sie sich den Zorn ihrer Herrin zuzog. Abraham wählte die Gattin, nicht die Magd.«

»Nur noch der Form halber, Fräulein Thea. Sah Euch jemand, als Ihr das Gut verlassen habt?«

»Natürlich, Sendgraf. Meine Zofe war dabei, die Küchenmagd des Gutes hing hinter einem der Fensterläden, der Stallknecht brachte die Pferde. Ganz Roerkempen hat mich gesehen.«

»So langsam aber sicher verstehe ich, warum der Erzbischof überall Hexen sieht.« Benedikt von Luchtenberg nahm die Wachstafeln entgegen, die ihm seine Schreiberin zum Wegschließen reichte. Hier in seiner Amtsstube, konnte er seinem Ärger Luft machen. Nein, für heute hatte er genug davon, sich mit Zeugen herumzuärgern.

»Was hältst du von der ganzen Sache, Margot? Frei heraus, glaubst du all den edlen Damen?«

»Frei heraus gesagt, nein. Gräfin Mechthild beschützt ihren Sohn; er ist ihr ein und alles. Für ihn würde sie auch töten oder töten lassen. Sie kommt zwar nur selten nach Roerkempen, hat aber Augen im Kopf. Von der Schwangerschaft hat sie ganz bestimmt gewusst, auch wenn sie nichts gesagt hat.

Und denkt an das Lehen! Kommen die Heinsberger nicht völlig reingewaschen aus der Sache heraus, fällt das Lehen nach dem Tode des alten Grafen ganz bestimmt nicht an den Sohn. Nicht solange der Erzbischof die Regentschaft führt. Dann muss die Familie gucken, wo sie bleibt.

Ich habe mir das Mädchen genau angesehen. Die sollte wirklich nicht schwanger werden; das geht nicht gut aus. Ich verstehe allmählich, dass Frau Mechthild sich Sorgen macht. Eine Tochter aus reicher Bürgerfamilie, die als Friedel für den notwendigen Nachwuchs sorgt, wäre ideal. Mit einer solchen Frau und ihren Kindern könnte der junge Graf in aller Öffentlichkeit auftreten, nicht jedoch mit einer leibeigenen Kebse und ihren Sprösslingen.

Gräfin Ermingard ist ein eiskaltes Biest. Die edle Frau habe ich auf dem Damenkränzchen bei den van den Worm kennen gelernt, letzte Woche war das. Frau Ermingard ist alles zuzutrauen. Sie will ihre Tochter als Herrin auf der neuen Heinsberger Burg sehen. So gut wie Thamar kann auch sie bemerkt haben, wie es um Helga stand. Das Letzte, was die Gelderner brauchen können, ist eine Nebenfrau wie Helga mit dickem Bauch.

Mittlerweile wundert es mich, dass noch nicht öffentlich über die Schwangerschaft geredet wurde, bei all den heimlichen Mitwissern.«

Margot nahm einen Schluck vom Apfelmost, den ihr Dienstherr in der Zwischenzeit aufgetischt hatte, fuhr fort und warf ihm einen schelmischen Blick zu.

»Das edle Fräulein ist ganz die liebe Mama und jetzt schon ein ausgemachter Satansbraten. Wer der in die Quere kommt, muss um sein Leben fürchten. Die bringt doch jetzt schon dem Teufel die Schliche bei. Über unsere Mutter Oberin mag ich gar nicht sprechen, sonst muss ich heute noch eine ganze Menge beichten.«

»Ja, die gute Walburga hat es faustdick

hinter den Ohren.« Von Luchtenberg musste grinsen. »Redet so ganz allgemein daher. Gibt mir Informationen, die auf den ersten Blick aussehen, als wären sie pures Gold wert. Nur, dass sie mit einer Aussage gleich zwei edle Damen anschwärzt. Beide hatten einen guten Grund und reichlich Gelegenheit für einen Besuch im Kloster. Und weil unsere gute Mutter Oberin keinen Namen genannt hat, hat sie gar nichts gesagt. Streng genommen kann sie jede Edeldame und jedes Mädchen im Reich meinen.«

Junker Benedikt seufzte und verdrehte die Augen. Fast hätte er mit der geballten Faust auf den Tisch geschlagen.

»Lieber unter die Räuber fallen!«

Der Sendgraf hatte wieder seine Wanderungen durchs Zimmer aufgenommen. Hin zum Fenster, den Laden aufgerissen, und dabei den Topf samt Deckel von der Fensterbank geworfen. Der Streusand, mit dem er immer die Tinte auf dem Pergament trocknete, landete auf dem frisch gefegten Fußboden, Topf und Deckel zersprangen zu Scherben. Völlig entgeistert besah sich der

Junker das völlig unnötige Missgeschick.

»Sendgraf, passt doch auf, der schöne Streusand. Kommt, lasst mich den Dreck schnell zusammenfegen. In einer halben Stunde kommen der Sekretär des Erzbischofs und die anderen. Ihr solltet vorher noch runter in die Wachstube gehen und einen Happen essen. Mit knurrendem Magen fällt Euch bestimmt nichts Brauchbares ein.«

Rat und Tat

Von Luchtenbergs Reiter hatten Bänke an den Wänden aufgestellt, damit alle Männer Platz zum Sitzen fanden. Margot Jenswien gesellte sich zu den beiden Unterführern des Sendgrafen und zu Wolfram, der als Vertreter der Heinsberger Stadtwache gekommen war. Die anderen Bänke wurden von den restlichen Männern der Stadtwache und den Reitern des Sendgrafen besetzt. Junker Benedikt saß auf seinem üblichen Platz. Mit am Tisch befanden sich Pater

Claudius, Graf Bertold von Geldern und Rüdiger van den Worm. Die Stimmung im Raum war gereizt.

»Mein Herr, der Erzbischof, lässt Euch für all die Mühen und Gefahren danken, die Ihr, Junker Benedikt, auf Euch genommen habt, um Herr über die Plage zu werden, die unsere Straßen bedroht.« Als dem Ältesten stand es Pater Claudius zu, das erste Wort zu sprechen. »Aber nichts desto Trotz sind wir noch immer nicht Herr über die Banden geworden, welche die Bauern ausrauben und Schuld daran haben, dass das Land von einer großen Teuerung getroffen wird. Mein Herr, der Erzbischof, hat mich deshalb nach Heinsberg gesandt, damit ich den Anwesenden mit Rat und nach Möglichkeit auch mit Tat in dieser Angelegenheit zur Seite stehe.

Von Luchtenberg, Ihr wart wochenlang zwischen Geldern und Wassenberg unterwegs. Was könnt Ihr berichten?«

»Da gibt es leider nicht viel zu berichten, Pater Claudius. Die Banden schlagen immer nach dem gleichen Muster zu. Sie überfallen allein reisende Bauern und Handwerker, die vom Wochenmarkt zurückkommen und Geld in der Tasche haben. Die Galgenvögel sind bestens informiert. Sie wissen ganz genau, wann wo welcher Markt stattfindet, darum können sie auch gezielt zuschlagen. Ich konnte ein paar der Überfallenen befragen. Es war immer das Gleiche: Jeweils ein halbes Dutzend Männer oder mehr fielen über kleine Gruppen oder einzelne Personen her, die ihnen weit unterlegen waren. Niemals wurde eine größere Gruppe überfallen.

Dank Eures Rates, Graf Bertold, fahren die Bauern jetzt nur noch in größeren Gruppen zu den Märkten. Auch den wandernden Handwerksburschen wurde untersagt, einzeln auf die Walz zu gehen.«

Der Angesprochene bestätigte. Seitdem seine Hintersassen nur noch in Gruppen die Dörfer verließen, war es zu keinem Überfall mehr gekommen. Die Banden wagten es offenbar nicht, in Kämpfe verwickelt zu werden.

»Ja, dann brauchen wir die Spitzbuben doch nur zu zwingen, sich einem Kampf zu stellen«, meldete sich Rüdiger van den

Worm zu Wort. »Mit den Männern von der Stadtwache, den Reitern des Sendgrafen und nicht zuletzt Euren Kriegsknechten, Graf Bertold, sollte es doch ein Leichtes sein, die Galgenvögel zu fangen.«

»Ihr habt Recht, Herr Rüdiger«, pflichtete Pater Claudius seinem Tischnachbarn bei. »An kampferprobten Männern fehlt es doch wirklich nicht. Warum greift Ihr die Strolche nicht einfach an, Sendgraf?«

»Weil die Vögel, um mit Euren Worten zu sprechen, Pater Claudius, nicht so dumm sind, sich blicken zu lassen, wenn ich mit so vielen Reitern komme. Das ist hier in Heinsberg nicht anders als in Geldern. Die Burschen kennen sich bestens aus, verstecken sich in den Wäldern und Sümpfen, warten dort auf eine günstige Gelegenheit. Die Straßenräuber greifen nur dann an, wenn sie glauben, gefahrlos an gute Beute zu kommen. Ansonsten bleiben sie in ihren Verstecken und drehen mir dort eine lange Nase. So ist den Kerlen nicht beizukommen, das könnt Ihr mir glauben.«

»Und was gedenkt Ihr zu tun, Sendgraf?

Mein Herr, der Erzbischof, legt großen Wert darauf, die Räuber bald zu fangen. In ein paar Wochen beginnt die Erntezeit. Dann müssen alle Männer täglich aufs Feld und haben keine Zeit mehr, ihre Weiber zum Wochenmarkt zu begleiten. Und es kann niemand von Graf Bertold oder von einem der anderen Edelleute verlangen, hinter jeden Wanderburschen einen Kriegsknecht zu stellen.«

»Um zu sagen, was ich zu tun gedenke, habe ich alle hergebeten. Ich denke, man sollte den Räubern eine Falle stellen. Hört mir zu: Morgen Vormittag ist in Heinsberg Wochenmarkt. Es ist möglich, dass die Räuber schon in der Frühe ausspionieren, wer zur Mittagszeit das ideale Opfer ist.«

Alle Anwesenden hörten gespannt zu. Endlich hatte das bloße Warten ein Ende.

»Wir sorgen dafür, dass aus Richtung Roerkempen statt der üblichen sieben bis zehn Bauernwagen nur drei Karren in die Stadt zum Markt fahren. Auf diesen Wagen, schön vollgepackt, sitzen drei alte Weiber, solche mit denen man allgemein ein leichtes

Spiel hat. Ist der Wochenmarkt zu Ende, sorgt Wolfram dafür, dass nur diese drei Karren die Stadt verlassen. Alle anderen Marktbesucher bleiben jedoch in der Stadt. Die Strolche müssen entweder auf Beute verzichten oder sich über genau diese drei Bauernwagen hermachen.«

»Und wo ist der Witz dabei, Sendgraf? Meinem Herrn, dem Erzbischof, wird es kaum gefallen, dass Ihr den Galgenvögeln wehrlose alte Frauen vorsetzt, um alle anderen zu schützen.«

»Pater Claudius, ich bitte Euch, die Sache ist doch mehr als klar«, unterbrach Graf Bertold den ratlosen Geistlichen, »die alten Weiber bleiben in der Stadt. Auf den Karren werden Bewaffnete versteckt, die sich die Strolche schnappen, sobald sie angreifen.«

»Und wer soll die Karren lenken? Es fällt doch auf, wenn die alten Weiber auf einmal Bärte haben und Hosen tragen?«

Alle im Zimmer schütteten sich aus vor Lachen. Gewiss, die Heinsberger Frauen hatten spitze Zungen, Haare auf den Zähnen und daheim die Hosen an ...

»Pater Claudius«, der Sendgraf fuhr fort seinen Plan zu erläutern, »wir ersetzen die echten Frauen durch drei junge Burschen, die noch nicht mit einem so stolzen Bart prunken können, wie unser Ehrengast, Graf Bertold. - Oder möchtet Ihr uns begleiten und mit Eurem glatt rasierten Kinn eines der Weiber spielen?«

Nein, der Pater verzichtete dankend, er wollte sich auch nicht auf einem der Wagen verstecken. Das überließ er nur zu gerne den kampferfahrenen Reitern, versicherte er hastig.

»Karl, Hans, Bruno! Ihr spielt die alten Weiber«, entschied der Sendgraf.

Die Aufgerufenen, drei noch sehr junge Burschen der Heinsberger Stadtwache, versuchten vergeblich, sich hinter den Kameraden zu verstecken. Schadenfrohes Gelächter belohnte den nutzlosen Versuch.

»Die Frauen überlassen euch ihre Gewänder, umgekleidet wird sich hier im Haus. Margot reitet gleich mit Theo nach Roerkempen, um dort alles vorzubereiten. Auf euer Signal«, von Luchtenberg wies mit seiner Rechten auf die jungen Burschen, »kommen die Männer der Stadtwache von Norden her und meine Reiter von Süden, um euch zu helfen. Gebt Obacht! Ich will keine Toten, sondern Gefangene. Die Burschen sollen mir beim Verhör über ihre Kumpane und Verstecke berichten. Leichen können nicht reden.«

Es war alles Notwendige gesagt. Die Gäste erhoben sich von ihren Plätzen und nahmen Abschied.

»Margot, Theo!« Der Sendgraf winkte den Beiden, noch für einen Moment zu bleiben. »Wenn ihr jetzt nach Roerkempen reitet, dann nutzt die hellen Stunden, um euch bei dem verbrannten Haus umzusehen. Für die Bauersfrauen braucht ihr nicht den ganzen Abend. Mir gefällt die Sache mit dem verschenkten Teetopf nicht. Eine Thea von Geldern macht kein teures Geschenk, wenn ein kostenloser Blumenstrauß genügt. Findet ihr noch Reste von dem Tee, dann bringt das Zeug zum Apotheker Kleenmeier, auch wenn es darüber dunkel wird. Er soll notfalls die ganze Nacht durcharbeiten. Ich will ganz genau wissen, wie sich der Tee zusammensetzt. Womöglich wurde Gift untergemischt.«

Meinrad Kleenmeier ließ sich müde und lustlos auf den Stuhl plumpsen, den ihm der Sendgraf anbot.

»Sendgraf«, begann er das für ihn leidige Gespräch, »musste es wirklich sein, dass ich zu nachtschlafender Zeit mir diesen Tee anschaue, den Eure Schreiberin nebst Kriegsknecht mir da angeschleppt haben? Und das alles mit einer Hast und Eile als ginge es um Leben und Tod.«

Von Luchtenberg lächelte beschwichtigend. Er wollte den erschöpften Apotheker nicht noch mehr verärgern.

»Meister Kleenmeier, es war wirklich notwenig, so viel Eile an den Tag zu legen. Das könnt Ihr mir glauben. Ich werfe niemand grundlos aus dem Bett. Sagt mir, was es mit dieser Teemischung auf sich hat. Was ist in dem Topf, den Frau Margot zu Euch brachte?«

Kleenmeier räusperte sich. »Wenn Ihr es

genau wissen wollt, Sendgraf: Es handelt sich um fünf Löffel Ritterwurz, sechs Löffel Fanda, fünf Löffel Siegerbaum und um einen Löffel Muskatellerkraut. Es ist die übliche Mischung.«

»Die übliche Mischung für was? Kleenmeier, ich bin kein Apotheker, was meint Ihr?«

»Hebammen nehmen gerne diese Teemischung, um eine Geburt einzuleiten, wenn die Schwangere weit über ihre Zeit ist. Dieser Tee ist ein erprobtes Mittel, eine kleine Tasse davon reicht. Die Wehen setzen innerhalb einer halben Stunde ein, die Geburt verläuft in aller Regel ohne Probleme.«

»Ein solcher Tee«, der Sendgraf sprach unwillkürlich mit harter Stimme, »dient dann aber auch verbotenen Eingriffen wie Abtreibungen oder Kindsmord, Kleenmeier.«

Der Apotheker lief rot an, knallte die Faust auf den Tisch und schnaubte empört.

»Sendgraf, was soll diese Beschuldigung?! Ich habe nichts Verbotenes getan. Ich lasse mich auf keine Abtreibungen ein. Denkt Ihr vielleicht, ich habe Lust, wegen einer dahergelaufenen Schlampe zu hängen! Meint Ihr, die Weiber sind so dumm, zum Apotheker zu laufen und vor den Augen der ganzen Stadt nach einem Wehenmittel zu fragen, wenn ihre Bäuche nicht so rund sind wie ein Fass. Nein Sendgraf, dafür sucht Euch einen anderen Dummen.«

»Meister Kleenmeier«, beschwichtigte von Luchtenberg den aufgebrachten Mann, »entschuldigt, wenn ich einen falschen Eindruck erweckt habe. Jedermann in Heinsberg weiß, dass Ihr ein ehrbarer Mann seid. Aber ich stelle solche Fragen nicht zum Vergnügen. Ihr habt doch von dem Mordfall in Roerkempen gehört, nicht wahr? Helga, die Kebse von Graf Jonas, war schwanger. In ihrem Haus hat Frau Margot diese Teemischung gefunden.«

Meinrad Kleenmeier schaute den Sendgrafen irritiert an. »Eine merkwürdige Geschichte, die Ihr mir da erzählt. Eine Frau wie Helga hätte keinen Grund gehabt das Kind abzutreiben, das Kleine hätte doch ihre Zukunft abgesichert. Da stimmt eine ganze Menge nicht.

Jetzt, wo Ihr mir dies sagt, fällt mir ein, dass die Zutaten viel kleiner gehackt waren, als man es sonst tut. Möglich, dass da jemand etwas verbergen wollte. Ich hatte bei einigen Stückchen große Mühe mit dem Zuordnen. Ich fürchte, da wollte jemand der armen Frau einen bösen Streich spielen.«

»Habt Ihr Gift im Tee gefunden?«

Meinrad Kleenmeier schüttelte vehement den Kopf. Nur die getrockneten Kräuter befanden sich in dem Gefäß. Gift war nicht untergemischt worden. Damit wäre er zuerst rausgerückt, bekräftigte er.

»Wusstet Ihr eigentlich von der Schwangerschaft?«

Der Apotheker verneinte. »Davon, Sendgraf, wusste ich nichts, auch nicht vom Hörensagen.«

»Noch etwas, Kleenmeier«, der Sendgraf wurde wieder amtlich, »könnt Ihr einen Eid schwören, dass der Tee genau die Zutaten enthält, die Ihr mir gerade genannt habt? Könnt Ihr schwören, dass dieser Tee eine solche Wirkung hat?«

Meinrad Kleenmeier nickte. »Selbstverständlich kann ich das, Sendgraf, jederzeit und überall.«

Benedikt von Luchtenberg war erleichtert. Mit einer solchen Aussage konnte er zwar noch lange keinen Mord, aber wenigstens die versuchte Abtreibung beweisen und damit auch anklagen, vor einem Kirchengericht zweckmäßigerweise, sonst würde man die Sache mit einem gepfefferten Wergeld abtun.

»Noch etwas, Kleenmeier. Wenn Euch jemand fragt, dann habt Ihr von nichts eine Ahnung. Ich schicke Euch gleich einen meiner Reiter mit, der holt den Topf ab und macht sich damit auf den Weg nach Aachen zum Domapotheker und zum alten Juden Ephraim. Das ist nicht gegen Euch gerichtet, Meinrad Kleenmeier. Später vor Gericht brauche ich einfach drei Zeugen, sonst kommen mir die Schuldigen mit Eideshelfern daher und es wird nichts erreicht. Die Sache geht hoch hinaus, Ihr versteht.«

Meinrad Kleenmeier erhob sich, seufzte gequält und drückte dem Junker mit verbissener Miene die Hand. »Viel Glück, Sendgraf, davon werdet Ihr einen ganzen Haufen brauchen. Auf mein Stillschweigen könnt Ihr zählen.«

Ein viel zu kleiner Räuber

In dem vergitterten, ebenerdigen Raum, der bei der Heinsberger Stadtwache als Gefängnis diente, herrschte drangvolle Enge. Sieben Männer, der älteste schon mit grauen Haaren, der jüngste praktisch noch ein Kind, mussten mit vier Pritschen auskommen. Alle hatten leichte Verletzungen davongetragen, die vom alten Michel versorgt wurden. Benedikt von Luchtenberg hatte den Schreiber der Heinsberger Stadtwache angewiesen, auf sauberes Material zu achten und die Verbände regelmäßig zu wechseln. Wie später einmal selber vor dem allerhöchsten Richter bestehen, wenn man zu Lebzeiten seine Christenpflichten gegenüber den Gefangenen vernachlässigte!

Wolfram stand neben dem Sendgrafen auf dem schmalen Flur, der sich die gefangenen Männer durch die Stäbe der Gittertüre besah.

»Es sind sieben Stück, ohne die anderen. So wie ich vermutet hatte, eine kleine Gruppe nur. Trotzdem haben sie uns alle wochenlang in Schach gehalten.«

»Junker Benedikt, ich für mein Teil bin froh, dass die Sache vorbei ist. Die Strolche sind hinter Schloss und Riegel. Sobald Ihr die Anklage vorgetragen habt, braucht der alte Graf die Kerle nur noch zu verurteilen. Diese Drecksarbeit nimmt Euch der alte Herr nur zu gerne ab. Drei Tage später gehören die Burschen dem Scharfrichter - und es ist wieder Ruhe im Land.«

»Schade nur, dass wir nicht alle Männer fangen konnten. Graf Bertold hat zugeschlagen wie ein Berserker. Lebendig wären mir die drei übrigen Räuber lieber gewesen. Ich hätte sie gerne verhört, bevor sie mit des Seilers Tochter Bekanntschaft gemacht hätten. Wir wissen immer noch viel zu wenig über diese Banden.«

»Glaubt Ihr denn, dass sich noch mehr von den Strolchen in unseren Wäldern und

Sümpfen versteckt halten? Und wo?«

»Möglich, deshalb will ich ja viele von den Burschen verhören. Je mehr Fragen ich stellen kann, je mehr Antworten bekomme ich. Man muss genau Bescheid wissen, nicht raten oder glauben.«

Wolfram hatte noch etwas auf dem Herzen. Er winkte dem Sendgrafen, mit ihm ein paar Schritte fort von den Gefangenen zu gehen.

»Junker Benedikt, was mach ich mit dem Bengel da drinnen? Den haben wir nicht in Handschellen legen oder anketten können, so mager ist das Kerlchen. Der gehört an den Rockzipfel seiner Mutter, aber nicht ins Gefängnis. Die Heinsberger Frauen gehen mit dem Scheuerlappen auf mich los, wenn ich den zum Galgen führe.«

Wolframs Furcht vor den Frauen der Stadt hatte ihren guten Grund. Die neuen, viel strengeren Gesetze verlangten eine harte Bestrafung, auch bei minderjährigen Übeltätern. Erst vor einem halben Jahr wollte man in Aachen einen ähnlich jungen Burschen wegen mehrerer Diebstähle aufhängen, statt ihn wie früher auszupeitschen. Die Bürger der Stadt bewarfen die Kriegsknechte und den Henker mit Steinen, als der Junge zum Galgen geführt wurde. Um offenen Aufruhr zu vermeiden, begnadigte man das Bürschchen zu zwanzig Peitschenhieben und jagte es, sobald seine Wunden ausgeheilt waren, aus der Stadt.

»Und was soll ich deiner Meinung nach tun?«, schimpfte der Angesprochene leise zurück. »Ich bin Sendgraf. Meine Aufgabe ist es, dafür zu sorgen, dass alle Gesetze eingehalten werden. Falls es hart auf hart kommt, muss ich mit meinen Reitern dafür sorgen, dass zum Tode verurteilte Räuber auch wirklich hingerichtet werden. Glaubst du etwa, mir macht das Ganze hier Spaß? Einen Jungen dem Henker überlassen, für den ein Schnürsenkel reicht?

Einfacher wäre es, der Bursche hätte bei den Räubern nur den Knecht gespielt, hätte nur ein wenig Schmiere gestanden. In einem solchen Fall könnte man an eine Begnadigung denken. Der Sekretär des Erzbischofs würde zwar ein mauliges Gesicht ziehen, aber wenn die richtigen Leute sich für den Jungen einsetzen, gibt Pater Claudius nach, das ist sicher. Du weißt ja, was der Mönch vorschlägt, das tut der Erzbischof. Ich selber darf mich da nicht äußern, wo ich die Anklage vortrage.

Es steht und fällt in einem solchen Fall alles damit, was der Junge von sich aus gesteht und was seine Spießgesellen ihm anhängen oder was sie bestreiten. Den Bauern ist der Junge zum Glück nie aufgefallen. Du verstehst, was ich meine?«

Wolfram nickte.

Die lange Tischplatte in der Amtsstube des Sendgrafen war gepflastert mit Wachstafeln. Alle Aussagen, die Margot Jenswien aufgeschrieben hatte, lagen vor dem Junker ausgebreitet und schienen ihn auszulachen. Wer von all den Zeugen hatte die Wahrheit gesagt? Wer hatte schamlos gelogen? Praktisch jedermann hatten ein Motiv, aber wer hatte Helga erstochen? Wie hatte es der Täter geschafft, am Abend einen Mord zu begehen, aber am anderen Morgen erst das

Haus anzuzünden, ohne dabei entdeckt zu werden? Hatte das Edelfräulein Thea auch den Mord begangen oder musste er an mehrere Täter oder gar Tätergrupen denken? Benedikts innere Stimme sagte ihm, dass nur eine Frau für den Mord in Frage kam. Kein Mann hätte so viel Aufwand betrieben, um eine einzige Frau zu töten.

»Weiber! Die eine so hinterlistig wie die andere!«

»Sendgraf, schimpft Ihr über mich?«

Margot Jenswien war unbemerkt in die Amtsstube getreten. Zwei Männer der Stadtwache folgten ihr, schauten grinsend die Zimmerdecke an und schoben den gefangen genommenen Jungen vor sich her.

Von Luchtenberg lief knallrot an. »Wie kommst du denn darauf, Margot? Du kannst dir doch denken, wen ich meine.«

Übellaunig begann er, seine Wachstafeln wieder zurück in die Truhe zu legen. »Was wollt ihr mit dem Burschen hier? Hat Wolfram euch rübergeschickt?«

»Das hat er, Sendgraf«, antwortete der ältere der Wachleute. »Ich soll Euch ausrichten, dass die Verhöre beendet sind und Ihr die Tafeln mit den Aussagen lesen könnt. Frau Margot war so freundlich, dem alten Michel beim Aufschreiben zu helfen. Der Junge hier hat eine spannende Geschichte zu erzählen, die Euch interessieren wird. Und es ist kein Räubermärchen.

Übrigens Räuber: Bei dem Bürschchen hat's ja kaum zum Räuberknecht gereicht. Seine feinen Kumpane haben ihn nie mittun lassen. Holz durfte er sammeln und den Küchenjungen spielen. Feines Räuberleben, da kann man ja gleich Hausknecht werden!«

Wolfram lernte offenbar sehr schnell!

Von Luchtenberg bedeutete dem Jungen mit einer Handbewegung, Platz zu nehmen. Der Bursche setzte sich artig und wiederholte seinen Bericht.

Zusammen mit seinen Spießgesellen lebte er seit einigen Wochen im Wald bei Roerkempen. Er war am Samstag bei einbrechender Dunkelheit in der Nähe des Guts gewesen, um noch ein wenig Brennholz zu sammeln. Wie immer, verhielt er sich dabei sehr leise, um nicht von den Dörflern ent-

154

deckt und womöglich aufgegriffen zu werden. So konnte er beobachten, wie kurz vor der Dämmerung eine noch junge Frau aus Richtung Fluss kam und an die Türe des Hauses klopfte. Ein anderes junges Weib öffnete, sprach ein paar Worte mit der Frau, ließ sie hinein. Die Besucherin blieb aber nicht über Nacht, sondern verließ das Gut schon nach wenigen Minuten. Sie ging wieder in Richtung Worm, gerade so, als wollte sie den Fluss entlang zur Stadt laufen.

Der Sendgraf traute seinen Ohren nicht. Hatte der Junge wirklich mitbekommen, wer sich Zutritt zum Haus erschlichen hatte, um den Mord zu begehen? Oder log das Kerlchen?

»Bürschchen, das erzählst du doch nur, um dich wichtig zu machen. Du hast von dem Mord gehört, der draußen in Roerkempen passiert ist. Von deinen eigenen Missetaten willst du ablenken, weil der Strick auf dich wartet. Wenn du wirklich alles so gut beobachtet hast, dann kannst du mir ja auch sagen, wo die Knechte und die Hausmagd waren. Die hätten alles mitbekommen und wären doch mit Sicherheit dazwischen gegangen, um zu helfen.«

Der Junge schüttelte zornig den Kopf, blickte auf seine schmutzigen, nackten Füße.

»Ich lüge nicht, Sendgraf. Warum sollte ich das tun? Mit der Toten habe ich nichts zu schaffen, mit den ganzen vornehmen Herrschaften in Heinsberg und in Geldern auch nicht. Was hätte ich davon, irgendjemanden anzuschwärzen? Davon wird meine Strafe kaum geringer.

Die Hausmagd und die Knechte gehen immer nach dem Abendessen. Das konnte ich ein paar Male beobachten. Die schlafen bei ihren Leuten im Dorf und kommen erst zum Frühstück wieder. Die tote Frau hat oft alleine übernachtet. Ihr Verehrer, so ein Adeliger, kam nicht jeden Abend.

Ich habe keinen Grund zum Lügen!

Es war noch hell, ich konnte die Besucherin gut sehen. Sie war gekleidet wie eine Dienstmagd und trug die Haare so, wie meine große Schwester sie früher getragen hat. Außerdem hatte sie ganz dunkle Schuhe an, fast wie eine richtige Dame. Eine große Ledertasche hatte die junge Frau auch dabei, passend zu den Schuhen.«

Die Beschreibung klang glaubhaft. Es war Brauch, dass eine Dienerin die abgelegten Sachen ihrer Herrin zum Auftragen bekam. Die Sache mit den Knechten stimmte ebenfalls. Von seinen gelegentlichen Besuchen in Roerkempen wusste er, dass die drei jungen Leute nicht auf dem Gutshof schliefen, sondern bei einer verwitweten Schwester im Dorf. Sie halfen ihr nach Feierabend und am Sonntag bei der Hofarbeit.

»Wenn ich jetzt alle Mägde der Stadt hier in die Stube hole, findest du dann die richtige Frau heraus?«

Der Junge bejahte. Mit Leichtigkeit würde er diese Magd unter vielen anderen herausfinden. Margot, die alles sorgfältig mitgeschrieben hatte, antwortete auf einen fragenden Blick ihres Dienstherrn.

»Sendgraf, die anderen Räuber bestätigen, dass die Bande während der letzten Tage in dem Waldstück hinter dem Gut lagerte. Der Junge wurde immer zum Holz sammeln und Wasser holen geschickt. Er kann all dies ohne Weiteres beobachtet haben.«

Junker Benedikt wies mit der Rechten auf den jüngeren der Wachleute. »Hannes, geh zu Wolfram und sag ihm, dass er mir alle Dienstmägde herschaffen soll, die entweder bei Frau Mechthild dienen, Herrn Rüdiger oder beim Gelderner Grafen. Ausnahmslos alle will ich hier sehen, es gilt keine Ausrede. Eine von ihnen hat Helga umgebracht.« Für den zweiten Wachmann hatte er ebenfalls einen Auftrag. »Bring den Bengel da runter in die Küche und gib ihm zu essen. Sieh zu, dass er sich wäscht und die Haare kämmt. Es fällt auf mich, wenn der Junge halb verhungert ist und schmutzig.«

Schöne Schuhe, schöne Tasche

Es herrschte drangvolle Enge in der Amtsstube. Die beiden Dienstmägde aus dem Hause van den Worm, die Zofen Jule und Anna aus Geldern und nicht zuletzt fünf Frauen aus der Heinsberger Burg standen aufgereiht vor dem Kamin, tuschelten leise miteinander und warteten neugierig auf die Dinge, die da kommen sollten.

Junker Benedikt stand neben dem weit geöffneten Fenster. Von hier aus hatte er alles und jeden im Blick. Der Junge hatte sich auf einen entsprechenden Wink des Sendgrafen neben die Schreiberin platziert. Frisch gewaschen, mit sauber ausgebürsteten Kleidern, gekämmt und satt von einer reichlichen Mahlzeit, machte er einen guten Eindruck. Jeder Richter würde dem aufgeweckten und bescheiden auftretenden Burschen Glauben schenken.

»Karlmann«, der Sendgraf hatte sich nach dem Namen des Jungen erkundigt, »welche von den Frauen hier im Zimmer ist diejenige, die du am Samstagabend beim Gut in Roerkempen gesehen hast?«

Der Bursche besann sich nicht lange. Mit seiner Rechten zeigte er auf ein Mädchen, das ungefähr sechzehn Jahre alt war, mit üppiger Figur, rabenschwarzen Augen und Haaren, die zu einem kunstvollen Zopf geflochten waren. Jule, Fräulein Theas Zofe.

»Bist du dir sicher, Junge?« Von Luchtenberg hakte nach. »Kann es keine andere gewesen sein, Karlmann? Die Köchin von Frau Mechthild trägt eine ähnliche Frisur, sie ist auch gleich groß.«

Der Junge schüttelte den Kopf, grinste die Zofe an, schaute danach zu Junker Benedikt hinüber.

»Das ist sie, Sendgraf. Da bin ich mir ganz sicher. Sie trägt das gleiche Kleid wie am Samstagabend, hat auch dieselben Schuhe an. Es fehlt nur die Tasche mit der schönen Schnalle.«

»Rotzfrecher Bengel, was fällt dir ein! Ich habe gar keine dunkle Tasche.«

»Jule, jetzt lügst du aber.«

Wolfram, der wortlos mit zwei weiteren Männern der Stadtwache neben der Tür gestanden hatte, schaltete sich ein. »Erst gestern habe ich dich auf dem Marktplatz mit einer Tasche gesehen, die genau zu deinen Schuhen passt. Du hast beim Bortenkrämer Jan mehrere Ellen dunkelblauer Leinenborte gekauft und sie in die Tasche gesteckt. Sag jetzt die Wahrheit, Jule. Warst du das, die die arme Helga umgebracht hat? Und warum?

160

Sie hat weder dir noch anderen etwas getan.«

Die junge Frau war blass geworden. Ihre Gesichtszüge wurden hart, verrieten nichts darüber, was sie dachte oder empfand. Sie machte auch keinen weiteren Versuch mehr, die Tat zu leugnen.

»Wann genau, wie und warum?«

Von Luchtenberg hatte seine Stimme mit Absicht scharf klingen lassen, um das Getuschel und Geraune zu unterbinden, welches nun den Raum erfüllte. In der Stube wurde es prompt mucksmäuschenstill.

»Am Samstagabend, ungefähr dreieinhalb Stunden nach dem Angelusläuten, bin ich durch eine kleine Lücke in der Palisade geschlüpft.«

»Was für eine Lücke? Ich denke die Reparaturarbeiten am nördlichen Teil der Palisade sind schon seit ein paar Wochen fertig.«

»Ich meine die schmale Lücke beim Klostergarten. Die Zimmerleute schäkern lieber mit den Novizinnen herum, als endlich die Arbeiten zu beenden. Fragt Mutter Walburga.«

Wolfram nickte. Die Mutter Oberin hatte

sich mehrfach bei ihm und auch beim Grafen über den schleppenden Fortgang der Reparaturarbeiten beschwert.

Jule sprach weiter. »Ich brauchte nur der Worm zu folgen, hell genug war es ja. Beim Gut angekommen, klopfte ich und machte dieser Helga weiß, dass ich mich beim Kräutersuchen verirrt hatte. Sie hat mir geglaubt und mich ins Haus gelassen, sie kannte mich ja. Drinnen in der Wohnstube lag noch ein Messer auf dem Tisch. Das Ding nehmen und die Frau damit erstechen, war Sache eines Wimpernschlags. Sie fiel tot zu Boden. Meine eigene Waffe habe ich gar nicht gebraucht.«

»Und die Knechte und Mägde des Guts? Wieso haben die nicht eingegriffen? Du willst mir doch nicht erzählen, dass Helga allein im Haus war.«

Fräulein Theas Zofe zog ein verächtliches Gesicht. »Das faule Pack geht stets schon nach dem Nachtmahl fort. Die wohnen irgendwo im Dorf und kommen erst anderen Morgens wieder - pünktlich zum Frühstück. Das hat mir die Hausmagd selber erzählt und mir dabei die Leidensgeschichte ihrer ach so armen Schwester vorgejammert.«

Junker Benedikt war noch nicht zufrieden. Die Sache mit den Dienern war allgemein bekannt. Er brauchte jedoch etwas, was nur der Täter wissen konnte. Bis jetzt reichten die Beweise nicht für eine Verurteilung. Bei einer so schweren Anklage wie Mordbrand musste jede Kleinigkeit stimmen und nachgewiesen werden, sonst genügten später ein paar vom Gelderner Grafen gestellte Eideshelfer, um die Unschuld der Angeklagten zu beschwören. Die gemachte Aussage konnte von der Zofe jederzeit widerrufen werden.

»Wie hast du es hingekriegt, dass der Brand erst am anderen Morgen ausbrach? Just zu der Zeit, wo alle Leute in der Kirche waren und das Feuer erst viel zu spät bemerken konnten?«

»Das war ganz einfach, Sendgraf. Bevor ich mich auf den Weg nach Roerkempen machte, bin ich schnell in die Klosterkirche gelaufen und habe eine von den Stundenkerzen eingesteckt. Von einer der Nonnen weiß ich, dass diese Kerzen genau zwölf Stunden brennen. In einem Korb, er stand in der Wohnstube des Guts neben dem Kamin, fand ich zugeschnittenen Stoff. Diese Stoffteile legte ich auf den Fußboden, stellte die Kerze in die Mitte und zündete sie an. Sonntags schauen die Knechte nur kurz nach dem Vieh im Stall und kommen gar nicht ins Haus. Pünktlich zur Messe brannte das Gutshaus.«

Der Sendgraf staunte nicht schlecht. Die Idee mit der Kerze war einfach und nahezu perfekt. Ihm selber wäre ein solcher Gedanke nicht gekommen. Und dabei war das Mädchen nur eine einfache Zofe. Aber das Motiv? Warum hatte sie sich zu dem Mord anstiften lassen und von wem?

»Fräulein Thea und Frau Ermingard haben mich losgeschickt«, berichtete sie. »Bei der Jagd vor einem Monat hat die Gräfin bemerkt, dass diese Helga ein Kind erwartete. Die Gräfin war ganz schön wütend deswegen. ›Der Bastard muss fort. Der Bastard muss fort.‹ Was anderes hat man von der

Herrin gar nicht mehr gehört. Sie dachte an nichts anderes mehr.«

»Und Fräulein Thea? Hat die bei der Sache mitgemacht?«

»Natürlich, Sendgraf. Fräulein Thea und Frau Ermingard haben das Zeug besorgt und beim nächsten Besuch in Heinsberg jenes Wehenmittel der Frau als Geschenk untergeschoben. Hat aber nichts genützt.«

»Wer kam eigentlich auf die Idee mit der Brandstiftung und der Stundenkerze? Warst du das?«

Die Zofe setzte ihren Bericht fort.

»Der Einfall mit dem Mord selbst kam von der Gräfin, die Sache mit der Brandstiftung zur Tarnung des Mordes war Fräulein Theas Beitrag. Ich kam auf den Gedanken mit der Stundenkerze. So waren alle weit weg vom Gut, als das Haus brannte. Als Bezahlung sollte ich einen Beutel mit Gold erhalten.«

»Hat dir die Frau eigentlich kein bisschen Leid getan? Du hast sie doch praktisch gar nicht gekannt. Sie hat dir doch nichts angetan.«

Jule zog eine kleine geringschätzige Grimasse. Mehr als Verachtung hatte sie für die Tote nicht übrig.

»Na und! Ich kannte sie nicht. Sie war mir völlig egal. Aber nicht egal war mir das Gold, darum habe ich es getan. Ich hätte meinen Freund heiraten können. Wir hätten eine eigene Schreinerei gehabt. Diese Frau stand doch nur allen im Weg.«

»Was ist mit Graf Bertold? Welchen Anteil hatte er an dieser furchtbaren Sache? Der hat doch nicht die Hände in den Schoß gelegt und sich aufs Zugucken beschränkt.«

»Graf Bertold?« Mit einer verächtlichen Geste tat das Mädchen diesen Einwand des Sendgrafen ab. »Der hätte sich diese Helga geschnappt und auf offener Straße erschlagen, ohne Rücksicht auf die Folgen. Kommt ein Grafenkind zu Tode, ist das Wergeld unbezahlbar. Der ist doch viel zu blöde für so eine Sache. Die Herrin hat schon gewusst, warum sie dem Grafen die Schwangerschaft der Kebse verschwieg. Dadurch konnte sie die Sache selber in die Hand nehmen. Hätte ja auch alles bestens geklappt. Aber dann musste dieser kleine Blödling kommen und der stieselige Stadtknecht, der mich dauernd anglotzt als hätte er noch kein Weib gesehen.«

Das Leben geht weiter

Ein nächtliches Gewitter hatte die Hitze und Trockenheit der letzten Woche gebrochen. Kühle Luft wehte den Reitern um die Nasenspitzen. Graf Jonas und Wolfram bildeten die Vorhut, Junker Benedikt und Gräfin Mechthild folgten, den Schluss bildeten Margot und Stefan. Aber keiner hatte heute ein Auge für den schönen Sommertag. Vor einer Stunde hatte man vor den Toren der Stadt die Räuber zum Galgen geführt. Mitgegangen, mitgefangen, mitgehangen.

»So, das hätten wir hinter uns«, versuchte Gräfin Mechhild vergebens, die gedrückte Stimmung zu heben.

»Ich wollte Euch nochmals danken, Frau Mechthild«, nahm der Sendgraf den Gesprächsfaden auf, »dass Ihr Euch so für den jungen Burschen eingesetzt habt. Der Junge lebt jetzt bei anständigen Leuten und kann ein ehrliches Handwerk lernen. Euer Gemahl hat den besten Waffenschmied weit und breit. Dort kann der Junge zeigen, was wirklich in ihm steckt. Das soll ja der beste Schutz sein gegen Laster aller Art.«

»Aber Benedikt, das war ich Karlmann schuldig, schließlich hat er durch seine Aussage die Tat aufgeklärt. Mein Sohn ist von jedem Verdacht befreit und kann wieder an die Zukunft denken. Ich wünschte nur, wir wären schon ein paar Wochen weiter.«

Der Sendgraf hatte Verständnis für den Kummer der Gräfin. Der Prozess gegen die Gelderner Frauen vor dem Kirchengericht und auch das weltliche Verfahren wegen der Brandstifung standen noch aus.

»Macht Euch wegen der Verhandlungen keine Sorgen, Frau Mechthild. Gewiss, Ihr wolltet Helga im Kloster unterbringen und das Kind verstecken, um Platz zu schaffen für eine standesgemäße Friedel. Das ist aber eine Familienangelegenheit, nicht mehr. In ein paar Wochen wird niemand mehr über diesen Teil der grässlichen Geschichte sprechen.

Etwas anderes: In Wassenberg findet demnächst ein Sommerball statt. Die Einladung dazu habe ich gestern bekommen. Was meint Ihr, soll ich Jonas mitnehmen? Er muss wieder unter Menschen.«

Frau Mechthild schaute verstohlen nach hinten, wo die Schreiberin und der Stadtknecht in eine angeregte Unterhaltung vertieft waren und gönnte sich ein verschmitztes kleines Lächeln.

Über die Autorin:
Marlene Geselle, geboren 1957 in Wassenberg, lebte und arbeitete einige Jahre in Heinsberg, ehe sie mit ihrer Familie auf die Schwäbische Alb zog. Sie schreibt seit vielen Jahren Krimis, Kurzgeschichten und Erzählungen. Zu ihren Hobbys gehören Bücher sammeln und Landschaftsfotografie.